I0656038

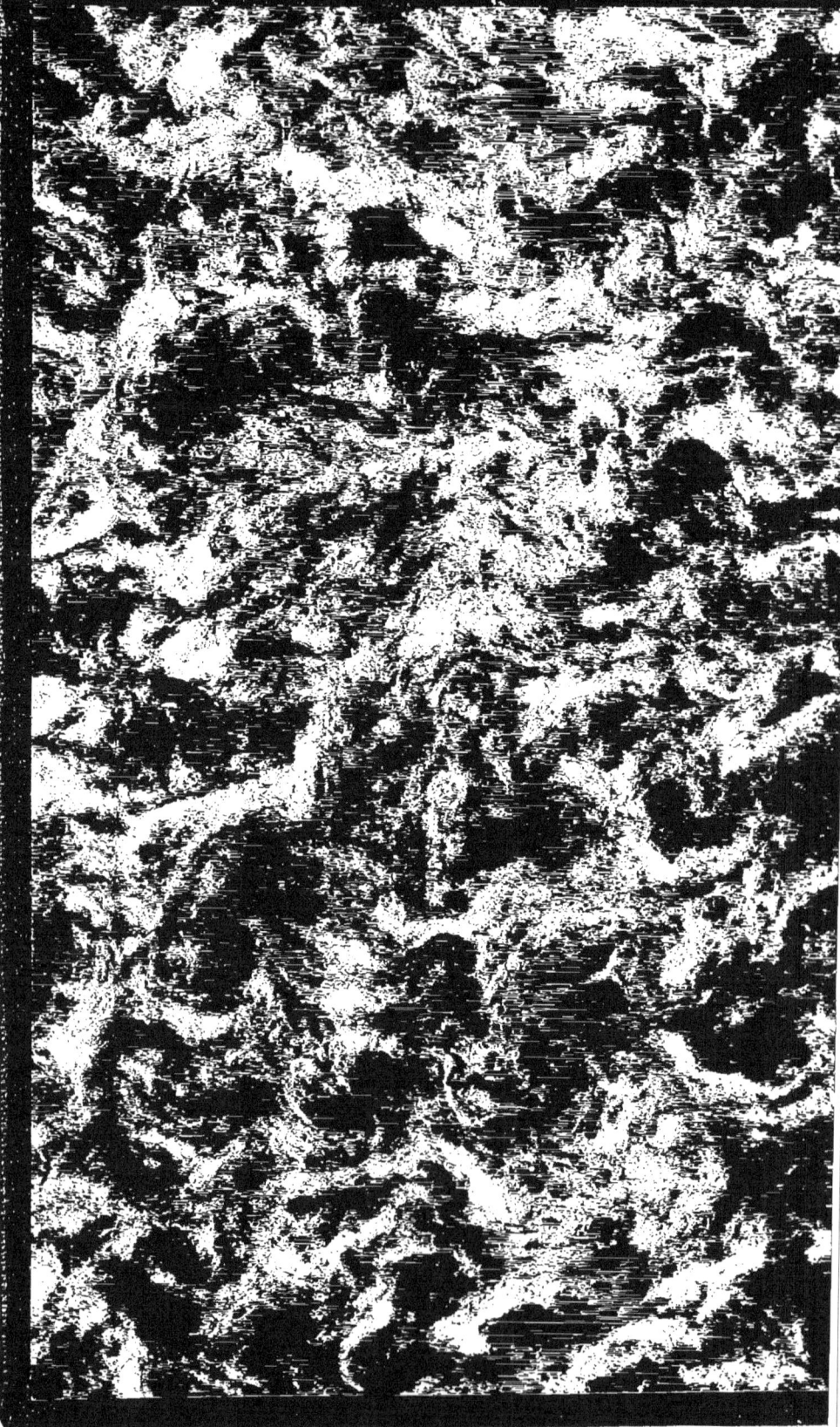

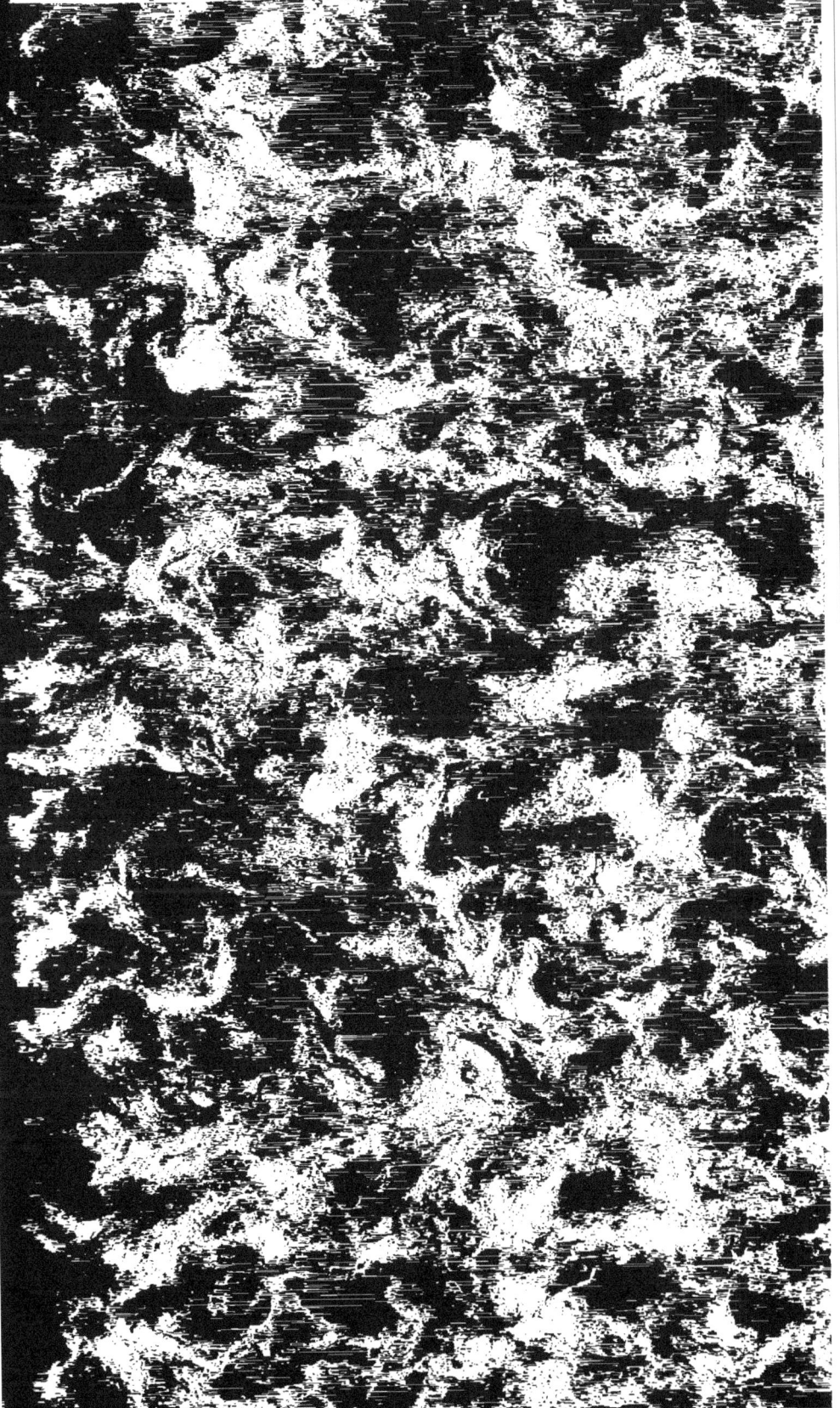

COMMENT

TOUT FINIT.

PAR

Mᵐᵉ A. Dupin.

> N'appelons heureux que celui qui a fini
> ses jours dans une douce prospérité.
>
> ESCHYLE.

PARIS,

MARESCHAL ET GIRARD, EDITEURS,

RUE DE SEINE-SAINT-GERMAIN, 64.

1838.

COMMENT

TOUT FINIT.

Romans du même Auteur.

———

PARIS.—IMPRIMERIE DE BOURGOGNE ET MARTINET,
Rue Jacob, 30.

COMMENT

TOUT FINIT.

PAR

Mme A. DUPIN.

N'appelons heureux que celui qui a fini
ses jours dans une douce prospérité.

ESCHYLE.

PARIS,

MARESCHAL ET GIRARD, ÉDITEURS,

RUE DE SEINE-SAINT GERMAIN, 64.

1838.

Dédié à Madame

LA

Comtesse de Sussy.

UNE ERREUR.

§ I.

Cola Montano.[1]

Ne sème pas le mal dans les sillons
de l'injustice, de peur que tu ne le mois-
sonnes sept fois.   *Bible.*

Le malheur qui date d'une heure
fait siffler tout être qui le raconte. Chaque minute en enfante un nouveau.
                            Shakspeare.

Cola Montano, dont le nom trouvait de
l'écho dans les villes savantes de l'Europe,
avait long-temps tenu une école de phi-
losophie à Milan. Tous les jeunes gens de
cœur et de mérite se souvenaient de la vé-

hémente indignation qui enflammait les discours du vieillard quand il parlait des tyrans de l'Italie. Jamais le chantre de l'*Enfer* n'avait eu des sarcasmes plus méprisants et plus amers. L'ascendant qu'il prenait sur les esprits avait effrayé Galéaz Sforza, duc souverain de Milan et de Gênes ; et le noble vieillard s'était vu emprisonné, outragé, sans que son enthousiasme eût rien perdu de sa force. Un jour même il se vit conduit sur la place; et là, exposé tout nu à la risée d'une populace insolente, il fut fouetté de verges et banni d'un pays que de nobles sympathies lui faisaient préférer à la patrie de ses jeunes souvenirs.

De retour à Milan, depuis la veille, en 1475, et retiré dans une modeste chambre, Montano s'y livrait à des enthousiasmes qui, pour être solitaires, n'en étaient pas moins ardents. La huitième heure de la nuit venait de sonner à la cathédrale, dont les statues et les aiguilles aériennes s'effaçaient sous un ciel triste et froid des derniers jours de novembre. Assis devant une table, sur laquelle étaient posés un sablier et une lampe en bronze de forme gothique, le sage inclinait sa taille et se perdait dans la contemplation d'un livre dont la couverture, fermée avec des agrafes en vermeil, offrait l'empreinte de diverses figures de bienheureux. C'était une Bible latine, récemment imprimée avec des caractères en fonte. Quand son exaltation eut été remplacée par un calme réfléchi, il se leva, et tira d'une armoire une cassette où étaient renfermés quelques manuscrits et un autre livre imprimé. Sa main trembla en touchant ces trésors de poésie et de science; une joie profonde éclaira sa figure, que les méditations et les rudes épreuves avaient empreinte d'austérité. Ce livre était encore une Bible.

Montano la plaça à côté de la première. Ses yeux, qui avaient en cet instant tout le feu de la jeunesse, allaient de l'une à l'autre, et s'arrêtaient toujours avec une admiration indicible sur celle qui avait été l'objet de sa première contemplation. Il les comparait ligne à ligne, mot à mot; et des exclamations incohérentes partaient de sa poitrine.

L'une des deux Bibles rappelait les premiers essais de l'art, alors que des lettres de forme ronde, sculptées en bois et enfilées à la suite les unes des autres, fixaient la pensée dans des pages qui ne souffraient pas une observation bien minutieuse, tant la disposition des caractères offrait de nombreuses irrégularités. Les lettres initiales, ajoutées à la main et peintes d'or et de couleurs éclatantes, semblaient placées là comme des monuments élevés par les scribes ; les scribes, race patiente et laborieuse, qui ne voyaient pas sans une douloureuse envie l'essor que prenait un art nouveau et déjà fatal à leurs destinées. Montano découvrit deux fois son front chauve en prononçant le nom de Pierre Schœffer, l'associé de Guttemberg et de Faust, qui venait d'inventer les admirables caractères en fonte avec lesquels avait été imprimée la seconde Bible.

— Pierre Schœffer , dit le vieillard , l'avenir te devra une noble et précieuse découverte ; elle fera faire un pas immense à l'humanité. Un jour les peuples s'instruiront. Hommes aux yeux de Dieu , ils le seront aussi aux yeux des rois. Tous comprendront l'Évangile, cette nourriture du faible, où il est dit que les humbles seront élevés et les superbes réduits à l'impuissance. Oh! la liberté! la liberté!.... Et il agitait sa tête vieille de méditations et d'années.

La Bible absorba de nouveau toutes ses perceptions. C'était avec une sorte de saint frémissement qu'il en tournait les feuillets, qu'il en lisait des passages, comme s'ils eussent acquis un intérêt inconnu par cette autre manifestation visible. L'apparition d'un étranger donna subitement un autre cours à ses idées.

— Mon père! s'écria Carlo Visconti, en se précipitant dans les bras du vieillard! oh! quelle impatience j'avais de vous revoir! Qu'il y a long-temps que vous avez

quitté Milan! Comment avez-vous vécu
sur la terre d'exil? Le souvenir de votre
fils, vous me donniez ce nom, a-t-il quelquefois fait battre votre cœur? Voilà bien
des questions, mon père!

— Oui, j'ai pensé à toi, Carlo. Oh! je
vous aimais, je vous regrettais tous! Milan, c'est la patrie du vieux Montano.
Dante Alighieri l'a dit : *L'escalier de l'é-
tranger est rude à monter.* Mes yeux, qui
depuis long-temps ne connaissaient plus
les larmes, en ont trouvé en revoyant les
campagnes de Milan. Tout y est resté
comme dans mes derniers souvenirs. Le
pâtre se drape fièrement dans son manteau
déchiré; nos jeunes paysannes sont toujours poétiquement belles et misérables.
Les voilà bien avec leurs yeux noirs pleins
de feu, et ces longues tresses de cheveux

noirs qui ornent des têtes ravissantes, et
ces tailles que voilent mal des vêtements en
lambeaux. J'ai parlé à plusieurs : leurs accents étaient tristes.... Et que de champs
incultes ! Le sol a-t-il perdu son énergie ?
Refuse-t-il ses présents à l'homme? Pauvre
Milan ! tes gloires se dégageront-elles un
jour du linceul qui les enveloppe?..... As-
sieds-toi, Visconti, et dis à l'exilé les souffrances de la patrie.

— Elle est bien malheureuse, mon père,
Sforza est un monstre.

— Il y a long-temps que nous le savons
tous, mon fils. La mesure de ses iniquités
ne déborde pas encore ?

— Elle est comblée, mon père.

— Les armes manquent-elles à Milan ?

demanda le vieillard avec une indignation
contenue.

— Non, répondit Visconti. Il regarda
Montano et s'écria d'une voix étouffée :
— Nous sommes tous des lâches !

— As-tu vu Girolamo Olgiati?

— Il était absent quand je me suis pré-
senté chez lui, mais j'ai laissé quelques lignes à sa femme.

En ce moment, un coup frappé à la porte
appela sur le front de Montano un léger
reflet d'inquiétude.

— Serait-ce Olgiati?.... ou déjà Galéaz,
peut-être, qui voudrait me convaincre
qu'en dehors de la conscience il n'y a
point de liberté possible?

Il dit, et alla lui-même ouvrir la porte.

Deux hommes, enveloppés de manteaux
bruns, entrèrent ensemble. Montano attendait qu'ils se fissent connaître. L'un
d'eux se plaça de manière à réfléchir sur
ses traits les pâles lueurs de la lampe.
Cette figure souriante et vivace remua le
cœur du philosophe ; sa main en s'avançant rencontra une main amie.

— Sois le bienvenu, Andrea Lampugnani , dit-il. Merci à toi qui t'es souvenu du
vieux maître ! Puis il porta son regard sur
le compagnon de Lampugnani. Ma mémoire est-elle infidèle ? Je ne reconnais
pas l'homme qui t'accompagne.

— Perdu dans la foule de vos admira-
teurs, répondit l'étranger, j'ai plusieurs
fois assisté à vos leçons.

Celui qui parlait ainsi paraissait âgé de

vingt-neuf à trente ans. Son teint hâlé,
la forme de ses vêtements, d'ailleurs très
simples, le faisaient reconnaître pour un
marin. Il y avait dans ses manières une
dignité grave et pourtant insinuante, qui
d'abord excitait la curiosité, et plus tard
faisait naître de pénétrantes émotions. Le
même charme se retrouvait dans sa voix
ferme et sonore.

— Qui êtes-vous ? demanda Montano,
dont le regard profond s'était arrêté sur
cet être singulier.

— Christophe Colomb, de Gênes, répondit l'étranger avec modestie. Je n'ai pu me
résoudre à quitter Milan sans avoir revu
celui qui en est la lumière.

— Mais, répondit le vieillard, nous
avons encore des jours pour nous revoir.

— Colomb a fait un beau rêve qu'il voudrait réaliser, dit à son tour Lampugnani.

Une nuance de malice prêtait à ces mots un sens moqueur.

— Vous disposez-vous à devenir un soldat de fortune, un chef de condottieri ? interrogea Montano. Les Sforza ont fait un appel aux courages aventureux. Quelquefois on ramasse une couronne dans cette course de mort ; mais ne craindriez-vous point qu'elle ne fût trop pesante à votre front ? Il est bien jeune encore !

— Qu'est-ce qu'une couronne ? répondit Colomb.

Le vieillard le regarda avec une attention curieuse.

— J'aime ce mépris. Aspirez-vous à la renommée du poëte?

— Non, maître.

Peut-être y eut-il du dédain dans la brève réponse du Génois.

— Eh quoi, s'écria Montano, les gloires de l'Italie n'ont-elles point d'écho dans vos souvenirs et dans votre âme? Resteriez-vous froid au nom de Pétrarca? Avez-vous pleuré, frissonné avec Dante? Avez-vous été heureux de ses joies? Oh! Dante mourant dans la misère à Ravenne, est plus grand, plus digne d'envie que César triomphant de l'univers!..... Les poëtes, jeune homme, sont les prophètes des âges! Ce fut d'un ton adouci qu'il ajouta : Que voulez-vous faire enfin?

— Découvrir un monde, répondit Colomb.

— Où est-il ce monde?

— A l'occident de la vieille Europe, par-delà les mers.

Son bras s'était étendu comme pour le montrer. Une expression de douce moquerie passa sur les lèvres du vieillard. La gaîté de Lampugnani revêtit des formes bruyantes.

— Je te disais bien, Colomb, tu es fou. Où diable as-tu rêvé qu'il y a un autre monde que celui que nous connaissons? Autant vaudrait affirmer que la terre tourne.

—Pythagore l'a dit, répondit Colomb. Eh! pourquoi la planète où nous vivons subirait-elle une loi différente des six autres planètes que nous voyons flotter dans les champs illimités du cie l?

— Mais ton monde, quand le trouveras-
tu? A moins qu'il ne tombe tout créé de
la baguette d'une fée, je crains fort, mon
pauvre chevalier errant, que tu ne sois
obligé de le demander à l'éternité.

— Qu'on me donne un vaisseau, repar-
tit Colomb, et le fou sera grand entre les
hommes. Ne voyez-vous pas que le monde
connu est incomplet? Tous les savants ont
donné à la terre une forme sphérique; est-
il sage de penser que le vaste espace ignoré
jusqu'à nos jours n'est qu'une masse d'eau,
ornement inutile de ce globe, solitude
étrangère aux bienfaits de la création, et
contre l'existence de laquelle protesterait
tôt ou tard l'humanité? Dieu ne veut que
ce qui est beau, et la beauté c'est l'harmonie. Le monde dont j'affirme l'existence

tient au continent de l'Asie (1). Voyez les
Portugais : ils ont voulu se frayer vers les
Indes une route par le sud, et ils ont découvert la zone torride de l'Afrique, que
les anciens disaient inhabitable. Les hommes y sont, il est vrai, bien différents de
tous les peuples connus.

— En as-tu vu, Colomb ? demanda Lampugnani.

— Oui, répondit le marin, j'en ai vu à
Lisbonne. Leur peau est noire comme l'é-
bène. Nos cheveux sont longs et soyeux ;
les leurs, au contraire, sont courts, lai-
neux et bouclent à la tête. Ils ont, en
outre, le nez écrasé et de très grosses lè-

(1) On sait que Colomb ne soupçonnait pas que l'hémisphère occidental fût de toutes parts isolé de l'hémisphère
inconnu.

vres; leur teint bronzé fait paraître leurs
dents d'une blancheur éclatante. Ce fut
pour les Portugais qui les virent les premiers, un grand sujet d'effroi; ils crurent
d'abord que cette couleur était produite
par l'ardeur du soleil; et, tremblants de
devenir semblables à ces sauvages, ils
n'osaient plus avancer sous ce ciel formidable (1).

— Mais, observa Visconti attentif, cette
race noire doit être la race proscrite de
Cham.

— Tous les hommes ont le même Dieu
pour père, répondit le jeune marin.

— Et les hommes de ton monde, dit
Lampugnani à Colomb, seront probablement comme ceux de l'Anglais Mandeville,

(1) Robertson.

des géants de vingt-huit à cinquante pieds?

— Peut-être, répondit Colomb avec un sourire paisible, se contenteront-ils de notre stature. Se tournant aussitôt vers le vieux philosophe : Maître, que pensez-vous ?

— Il y a du vrai dans ce que vous dites, répondit le vieillard ; mais tant que vous n'aurez que de semblables preuves à fournir, vous paraîtrez un visionnaire. Ce qui est une conviction pour vous, sera pris en dérision par votre siècle. Il étouffera votre pensée, il vous écrasera sous ses mépris ! Vous douterez de vous, de votre génie ; vous vous perdrez dans un néant de contradictions et d'amères incertitudes ; et, terrassé par cette lutte, vous chercherez le repos dans l'oubli.

— Douter de soi, c'est affreux ! s'écria
Colomb; mieux vaudrait la froide insensi-
bilité de la tombe.

— Nous n'avons pas le choix, répliqua
le vieillard : le chrétien doit se soumettre.

— C'est la seule chance que nous ayons,
nous, adorateurs de Jésus-Christ, dit tout
aussitôt Carlo Visconti en s'inclinant pieusement.

— Il sera difficile de me décourager,
reprit Colomb; je verrai tous les rois. La
faible voix de Pierre-l'Hermite mit en mouvement l'Europe, moi je ne demande qu'un
vaisseau. Oh! si je pouvais franchir les
mers à la nage!...... Maître, mes yeux ne
se fermeront pas sans qu'ils aient vu ce
monde! Ce ne sera pas inutilement pour
la grandeur de Colomb et les destins de

l'humanité, que Flavio Gioïa aura inventé
la boussole.

Il y avait dans l'accent de Colomb un
caractère de fermeté enthousiaste qui imposa à Lampugnani lui-même.

— Tu me cites Pierre, mon fils, répliqua le vieillard, il s'adressa aux grandes
sympathies de son époque, l'héroïsme et
la religion.

— Je parlerai à l'ambition des rois.

— Mais tu n'as pas un grain de poussière
à montrer de ce monde, il n'est réel que
pour toi ; les naïves croyances ne sont déjà
plus de nos temps : comme l'apôtre incré-
dule, on veut voir.

— La découverte de ce monde serait un
si grand bienfait, maître ! il a manqué à

la gloire de l'univers romain, il manque-
rait au bonheur de notre âge.

— Qui le nie? Un âpre dédain sur les
lèvres, le vieillard ajouta : Vainement, tu
dirais aux rois que le sol va manquer aux
enfants de la vieille terre, qu'il ne pourra
bientôt plus les nourrir; les rois riraient,
indifférents qu'ils sont à l'avenir des peuples.... Comptez les temps depuis que l'em-
pire d'Orient a croulé avec ses gloires et
ses souvenirs de onze siècles.

La tête de Montano avait décrit une ligne circulaire, et son triste regard s'était
arrêté dans le regard humilié de chacun
de ses amis.

— Il y a vingt-trois ans, dit Visconti (1).

— Et, reprit le vieillard, l'Europe a as-

(1) Constantinople tomba au pouvoir des Turcs l'an 1453.

sisté impassible à cette grande convulsion
sociale! Le vieux monde est tombé, le
vieux monde a jeté son cri de mort au
milieu du silence et de l'immobilité des
nations ! Quelques Génois , dont un ,
Giustiniani, n'a pas su mourir; quelques
Vénitiens encore ont prêté leur appui au
dernier des Césars. Les fils abominables
de l'enchanteur et de la louve (1) foulent
d'un pied vainqueur la cité de Constantin !
Ce n'est pas tout : le nom d'un misérable
marchand de chameaux, d'un brigand de
l'Arabie, d'un vil infidèle , remplace le nom
de Jésus-Christ ; il s'associe dans le cœur
et sur les lèvres de ces démons du Nord au
nom sacré de Dieu. C'est une grande honte
pour la chrétienté !..... J'ai vu des Grecs ,

_____

(1) Dans l'opinion commune les Turcs devaient leur origine
à l'union d'un enchanteur et d'une louve.

j'ai parlé à des Grecs; vos yeux auraient
des pleurs de sang à donner à cette catas-
trophe qui, grâce à l'indifférence de cet
âge, n'a pas eu de retentissement..... Colomb, c'est bien en vain que je cherche un
roi en Europe. Où est-il? je te le demande.
Un jeune débauché, tout souillé du meurtre des Lancastre, Edouard IV, donne ses
vices en spectacle à l'Angleterre. Le vieux
Louis XI traîne, bien malgré lui, vers la
tombe, son fantôme hideux et sanglant.
Si tu sais l'art d'éterniser la vie, présente-
toi à lui, car la mort lui fait peur. Cosimo
di Medici dort dans la poussière des siècles. Ce ne sera pas aux empereurs d'Allemagne qu'une idée nouvelle devra jamais
un triomphe; l'immobilité les caractérise:
quand ils se meuvent, c'est le flot popu-
laire qui les entraîne. Connais-tu l'influence des astres sur les destinées hu-

maines? Peux-tu faire de l'or? Les sourires
de Frédéric IV sont à ce prix. Tu n'aurais pas
foi en Venise; elle qui a trouvé un bourreau pour bâillonner Carmagnola et lui
trancher la tête (1)! elle qui a précipité
dans la mort la vieillesse de son doge Foscari. J'étais à Venise quand Jacopo, le fils
de Foscari, las de traîner dans l'exil une
vie de regrets et de désespoir, vint chercher la mort dans cette patrie où deux fois
la torture avait éprouvé son courage, où
il lui était interdit de vivre. Je vis le noble
père, appuyé sur un bâton, se traîner vers
ce fils qu'on venait de torturer pour la
troisième fois. Pas une plainte ne sortit de
sa bouche. « Retourne à ton exil, mon
fils, puisque ta patrie l'ordonne. » De retour dans son palais, il s'évanouit. Jacopo

---

(1) Carmagnola, fameux chef de Condottieri, fut traîtreu-
sement mis à mort en 1432.

obéit; mais il fallait à sa vie l'air de la patrie; il mourut.... Et quinze mois après cet assassinat, Foscari expirait au son des cloches qui lui donnaient Malipieri pour successeur. Ce fut grande pitié de voir ce vieillard de quatre-vingt-six ans chassé du palais où, pendant trente-six ans, il avait fait à Venise de glorieuses destinées. Montano inclina son front sous le poids des souvenirs; il le releva et dit : C'est dans l'État de Venise que Scanderberg, le dernier héros du vieux monde, a fini ses jours en mendiant des secours contre les infidèles. Le magnanime prince Henri de Portugal n'a pas légué à son neveu la grandeur et la sagesse de ses vues. Le front de Henri n'avait jamais porté la couronne, mais qu'il l'avait méritée! *Talent de bien faire*, c'était sa devise. Je connais deux femmes dignes d'une haute fortune.....

— Isabelle de Castille! interrompit Colomb. Et l'autre?

— L'autre? Oublies-tu Marguerite d'An-
jou? Oh! si l'héroïque Marguerite était encore sur le trône d'Angleterre, je te dirais :
Colomb, traverse la mer, va trouver la
noble épouse de Henri VI; elle mettra à
ta disposition trésors, vaisseaux, guer-
riers. Mais Marguerite, veuve d'époux,
de fils et de gloire; Marguerite, rassasiée
de chagrin, s'éteint en France dans l'isolement du cœur et les regrets du passé.

—Et Isabelle de Castille, maître? reprit
Colomb. Elle est reine, elle commande;
son génie égale sa beauté.

— Oui, si la reine Isabelle prenait ta
pensée au sérieux, ne doute pas qu'aucun
sacrifice lui coûtât pour la changer en un

fait; elle mettrait en gage ses bijoux, ses diamants; mais elle est l'épouse de Ferdinand, l'homme le plus froid et le plus positif de nos temps.

— Mon intention est de voir Galéaz Sforza, dit Colomb : qu'il dédaigne ou accepte mes offres, j'aurai satisfait à ma conscience; car, s'il faut l'avouer, il me serait dur d'enrichir une couronne étrangère.

— C'est bien, mon fils, mais le refus n'est pas douteux. Si tu savais ce qu'est Galéaz!

Montano joignit les mains.

— J'ai peu vécu en Italie; depuis l'âge de quatorze ans, je n'ai guère fréquenté que la mer.

— Tu as donc bien moins souffert que nous? Il y a de la honte à se dire sujet de Galéaz.

Montano parlait encore, lorsqu'un jeune homme, somptueusement vêtu, se précipita dans la chambre du vieillard que venait d'ouvrir Lampugnani. Il froissait dans ses mains sa toque de velours noir, où se balançaient de molles plumes blanches. Sa figure était bouleversée ; il y avait de l'égarement dans ses yeux, un désespoir terrible dans ses accents.

— Montano, cher maître, oh! pourquoi êtes-vous revenu dans cette ville d'abomination ?

— Qu'as-tu, Olgiati? demandèrent trois voix à la fois?

— Visconti, Lampugnani! il faut tuer Galéaz! s'écria-t-il d'une voix où se concentraient tant de haine et de douleur que tous en tressaillirent.

— Vous n'êtes pas seul avec vos amis, remarqua bien vite Colomb en se plaçant en face de lui.

— Que m'importe? Je voudrais associer le monde à ma colère.

Il se fit un silence d'attente inquiète.

— Oh! il faut le tuer! reprit Olgiati. Galéaz est l'ennemi, le bourreau de tous! S'il n'a pas fait de Milan un vaste cimetière, si des citoyens errent encore, pâles et déshonorés, dans les rues de Milan, c'est qu'il a craint que tous les peuples ne se levassent à la fois pour l'anéantir. Vis-

conti ! tu dois l'exécrer, toi ! il a troublé
la paix de ton jeune et chaste ménage !
Lampugnani ! tu avais des amis, leur tête
a été coupée par le bourreau ! d'autres ont
été plongés vivants dans les entrailles de la
terre (1). On a jeté quelques pelées de terre
sur leurs corps palpitants, et tout a été dit;
ils sont presque oubliés. Mon Dieu ! se
peut-il que les affections tiennent si peu
à nos cœurs!... Des femmes, la gloire de
Milan, se sont vues arrachées à leur vie
de bonheur. Le monstre les a flétries de
ses caresses ; puis, il les a prostituées à ses
gardes ; elles ont passé de ses bras infâmes
dans des bras, s'il est possible, plus infâmes
encore (2) ! Peu satisfait de tant de lâchetés, Galéaz a voulu se surpasser lui-même.
Ecoutez ! écoutez ! Le vieillard que nous

(1) Machiavelli, Corio, Simonde de Sismondi.
(2) Machiavelli, Corio, Simonde de Sismondi.

aimions tous vient de mourir dans son
cachot! La misère, les chagrins abrégeaient
sa vie trop lentement. Ce n'était pas assez
du froid, de l'isolement, du silence, d'une
nuit que ne dissipait jamais la plus faible
clarté; savez-vous ce qu'a fait Galéaz? Il
l'a condamné à des tortures de démon. La
faim a dévoré les entrailles du malheureux;
elle l'a fait tordre, hurler, blasphémer, se
traîner comme un reptile; elle l'a presque
rendu fou... Puis, quand le spectre a imploré la mort de la pitié de ses bourreaux,
ils lui ont dit pour toute réponse : Mange
tes excréments... Et il les a mangés!....
Ses excréments étaient son pain, sa nourriture habituelle! Et Galéaz a plusieurs fois
assisté à cet horrible repas !... Bien des victimes sont déjà mortes ainsi (1). Je pleure;

(1) Machiavelli, Simonde de Sismondi,

oh! pleurez avec moi! pleurez cette noble vie éteinte dans d'atroces et abrutissantes douleurs! Il t'a nommé, Visconti, à ses derniers moments; il m'a nommé aussi: sans doute il nous léguait sa vengeance.

— De qui tiens-tu ces détails? demanda Visconti d'un ton visiblement ému.

— D'un vieux prêtre ami de ma famille, le père Venanzia qui a reçu sa confession. Et il y a deux heures seulement, pendant que le misérable agonisait sur sa paille fétide, pendant qu'il accusait nos bras, j'assistais à une fête du monstre.

— Vous! s'écria Colomb.

— Oui, moi. Mais savez-vous pourquoi j'y assistais? c'était pour avoir Galéaz sous les yeux. Je voudrais, s'il m'était possible, ne pas le perdre de vue, être sa conscience

jusqu'au moment où je le frapperai. Oh !
s'il était appelé à me survivre !.. Nous avons
été des lâches ! Dis-nous-le, Montano ! Que
ta voix sévère et chérie, que cette voix qui
nous donna les grands enseignements de la
justice, qui fit pour nous de la liberté le
bien le plus noble et le plus désirable, se
fasse encore entendre, mais pour nous flé-
trir, nous, fils dégénérés de la vieille terre ;
nous qui souffrons ce que nos pères n'auraient jamais soupçonné possible. Une nuit
Dieu effaça Balthazar du livre de vie ; et
cependant Balthazar était pur, comparé à
Galéaz.

Montano étendit la main. Sa voix basse
et solennelle pénétra dans les cœurs.

— Puisqu'enfin, dit-il, vous sentez que
le moment où Galéaz doit rendre compte
de ses crimes est arrivé, il faut procéder

en hommes à cet acte de haute justice.
Vous n'êtes pas des assassins furieux, vous
êtes des juges qui exécutent eux-mêmes
l'arrêt rendu dans la solitude de leur conscience. Ce n'est pas seulement la mort de
quelques hommes qui rend la vie de Galéaz
funeste à la patrie, c'est la liberté qu'il avilit,
qu'il tue ; c'est la corruption qu'il sème partout. Forcé de se replier sur soi-même, ce
n'est qu'avec des précautions infinies qu'on
hasarde quelques plaintes. Ne sait-on pas
que l'oreille de Denys est là ; que ces yeux
qui vous regardent, cette bouche qui en-
courage la douleur indiscrète, qui appelle
la confiance, sont peut-être les yeux et la
bouche d'un espion salarié ; que cette parole qui vient d'échapper à votre amertume, que vous ne pouvez pas reprendre,
a peut-être décidé de votre liberté, qui
sait ? même de votre vie ; que demain elle

sera vendue au tyran. Et pourtant vous l'a-
viez dite à un ami, à un frère, à un fils, à
une épouse! Père, et toi, mère, vous seuls
avez conservé votre grand caractère d'in-
violabilité. Où est le charme du foyer domestique? Où est la douce sécurité des
familles? Le mariage, ce mystère de deux
âmes qui se confient l'une à l'autre, qui
s'avancent ensemble dans la vie, mues par
des sympathies et des intérêts communs;
le mariage perd tous les jours de sa pure
dignité. Que le duc vive encore quelque
temps, l'homme qui se respectera n'osera
se choisir une compagne. Parlerai-je de la
lâche indolence de Galéaz, de son luxe
tellement extravagant qu'il menace d'une
ruine prochaine les destinées de Milan et
de Gênes? En 1441, il se trouva trop
pauvre pour défendre l'île de Négrepont,
attaquée par les infidèles; et, peu de mois

après le honteux abandon de cette île, il
étala, dans une visite qu'il fit à Lorenzo
di Médici, un faste scandaleux. L'homme
qui avait craint de dépenser utilement cent
mille florins d'or, en prodigua deux cent
mille pour éblouir Florence. Tout récemment encore, les Turcs nous ont enlevé
Caffa, dont la perte arrête le commerce d'O-
rient et nous ferme la mer. Rien ne manque
d'ailleurs à la grandeur et aux félicités de
Galéaz. Les peuples ont encore assez d'or
pour fournir à ses fêtes, pour lui donner
les plus belles pierreries, les plus magnifiques perles de l'Orient; pour en faire le
prince le plus débauché de la terre. Le
père de Galéaz avait à sa mort détrôné les
Visconti, remporté vingt-deux batailles;
son fils, si l'enfer lui prête vie, fera de
Milan et de Gênes les humbles vassales de
quelque grande principauté : Carthage a
bien péri.

— La patience des peuples est inconcevable, observa Visconti; Gênes, si turbulente, si altière, si jalouse de ses libertés; Gênes, que le vieil abatteur des têtes françaises, le rusé Louis XI, refusa pour sa sujette, qu'il donna au diable enfin, ne croyant pas qu'il fût au pouvoir des hommes de la dominer jamais; Gênes se contentait de pousser de lâches soupirs en voyant s'élever une chaîne de fortifications qui devait la traverser et l'isoler en deux parties. Gloire à toi, Doria, qui, seul, osas protester contre cette violation des droits et des traités !

— Et Girolamo Gentile, dit Colomb, il a échoué dans la révolution qu'avait méditée son patriotisme.

— Oui, ajouta Lampugnani, il a jeté à Gênes le cri sacré de liberté; et, au pre-

mier mouvement des tyrans, il a vu s'en-
fuir les plus braves. Ce qu'il y a d'inouï,
c'est l'audace avec laquelle il a réclamé le
remboursement des sept cents ducats que
lui avait coûtés sa conspiration ridicule-
ment avortée ; c'est bien plus encore la
bonhomie des chefs des arts et métiers qui
ont souscrit à cette singulière exigence.
Galéaz a fait mine de tout approuver ;
mais il a l'avenir devant lui (1).

— Que voulez-vous ! reprit Montano
avec une triste gravité, Rome elle-même
oublie qu'elle doit l'exemple à la chrétienté.
Où trouver une vie plus folle que celle des
neveux de Sixte IV ? Et lui, faible, indul-
gent vieillard, il voit tout avec une douce
quiétude. Je ne sais, mais il me semble

(1) Simonde de Sismondi.

que Rome s'écarte trop des humbles doctrines du divin maître pour qu'il n'y ait
pas une terrible réaction. De quel côté
soufflera la tempête? je l'ignore. Ce que je
sais bien, c'est que le serviteur des serviteurs de Jésus-Christ oublie sa mission sur
la terre ; il se sépare trop des peuples, pour
que les peuples ne l'abandonnent pas à
leur tour. Et ce sera une grande calamité...
Belle et malheureuse Italie! quand donc se
réveillera ton patriotisme ? quand ces-
seras-tu d'acheter avec de l'or les affections
changeantes des condottieri? Grand Dieu!
des hordes d'aventuriers, qui vendent
leur sang toujours au plus offrant, font
les destinées de la vieille Italie !

Le vieillard baissa la tête; bientôt il la releva sous l'influence d'une haute pensée :

— Olgiati, Visconti, Lampugnani, pre-

nez encore cette nuit pour réfléchir; et
demain, si vos cœurs sont restés fermes,
trouvez-vous à sept heures du soir dans
le jardin de la basilique de Saint-Ambroise.
Là, vous vous lierez par un serment religieux; car la cause dont vous vous érigez
les défenseurs est une cause grande et
sainte : c'est celle de l'humanité. Toi, Colomb, soit que le monde t'exalte, soit qu'il
n'ait pour toi que des dédains, dis-toi que
l'avenir a des siècles; et puis, qu'importe
l'oubli des hommes? ils meurent.

Les quatre jeunes gens s'inclinèrent devant l'enthousiaste vieillard. Colomb les
quitta en faisant des vœux pour la réussite
de leur projet. Il ne devait pas les revoir.
Une heure après cette scène, Montano
était seul. Il ne reprit pas sa Bible. La nuit
s'écoula pour lui dans d'austères pensées.

— Qu'ils ne périssent pas, mon Dieu !
dit-il; ou, si déjà tu as compté leurs jours,
que leur sang, comme celui d'Abel, s'é-
lève vers le tribunal de ton éternelle justice; qu'il leur suscite des vengeurs ! Vierge
sainte ! ne refuse pas à ce peuple malheureux un regard de ta bonté !

22.

Le Serment.

Soutenir que les rois ne doivent rendre compte de leur conduite qu'à Dieu, c'est abolir toute société.   *Milton.*

UN TAILLEUR DE PIERRES.
Regardez ces bastions, ces contre-forts qui semblent construits pour l'éternité.

WILHELM TELL.
Ce que les mains ont élevé, les mains pourront le détruire.   *Schiller.*

Le lendemain, à sept heures du soir, les quatre conjurés se rendirent, par des rues opposées, dans le jardin de la basilique de Saint-Ambroise. Si la nuit eût été belle, on aurait pu voir un sourire de mé-

lancolique exaltation éclairer la figure de
Montano quand il étreignit sur sa poitrine
les trois jeunes Milanais. Il y retint Olgiati
plus long-temps, car Olgiati était le fils de
son cœur.

— Quel âge as-tu? lui demanda-t-il
d'une voix mal assurée.

— Vingt-trois ans, mon père.

— Tu es bien jeune!...

— Ni mon cœur ni mon bras ne man-
queront à la cause de l'honneur, répondit
Olgiati.

— Ah ! dit Montano profondément
ému, si je doutais de toi, je croirais que
Dieu se retire de ma vieillesse; je voudrais
quitter la vie. Il essuya une larme. Cette
concession faite aux craintes de son cœur,

il redevint le citoyen inflexible ; et tirant
un crucifix de son sein : A genoux, libérateurs de Milan et de Gênes ! Jurez, par ce
symbole de notre sainte croyance, que
vous sacrifierez avec joie les biens, les rêves orgueilleux de la vie, vos libertés, votre sang, au salut de votre pays ! Jurez que
vous poursuivrez sur Galéaz Sforza le
meurtre, le déshonneur de vos pères, de
vos frères et de vos femmes ! jurez-le.

Chacun des jeunes hommes étendit la
main sur le crucifix que tenait le vieillard, et tous trois firent entendre le serment demandé. Olgiati disparut un moment. Il s'enfonça sous les sombres arcades
de la basilique ; et, prosterné sur la pierre
devant la statue de saint Ambroise, les
mains humblement jointes, il pria le saint
avec la ferveur des anciens jours :

« Sois-nous favorable au milieu des ha-
» sards et des dangers auxquels nous nous
» exposons pour la délivrance de la pa-
» trie (1)! » proférait sa voix pieusement
exaltée.

Il retourna vers ses amis, la sérénité sur
le front.

— Je viens, leur dit-il, d'invoquer le
saint protecteur de notre ville, et je me
sens un homme nouveau.

—Pour moi, observa Lampugnani, un as-
trologue a prédit, lors de ma naissance, que,
si j'échappais aux coups d'un de ces sauvages dont les pères sont venus des solitudes
de l'Asie (2) ; si, dans un jour de sang, je
voyais le Maure face à face sans mourir,

(1) Relazione d'Olgiati.
(2) Les Arabes.

quatre générations se lèveraient autour de
moi et me précèderaient dans la tombe.

— As-tu peur? demanda Visconti.

— Non. Que ferais-je sur la terre si mes
amis n'y étaient plus? Et puis, je ne me
soucie guère d'une vieillesse impuissante.

— C'est le vice qui la fait impuissante!
s'écria Montano. Vois Enrico Dandolo, il
était aveugle; une gloire presque séculaire
décorait son front quand il conduisit les
galères de Venise contre la ville de Constantin. L'Adriatique les revit triomphan-
tes. Demande au doge Foscari s'il avait
senti le froid et la pesanteur des ans avant
les tortures imposées à son cœur de père.
Jeune homme, il n'y a pas de vieillesse
pour celui qui a bien vécu.

— Quoi qu'il soit de cette assertion, répliqua Lampugnani, je ne désire pas, héritier misérable des jours de mes enfants, m'écrier comme le vieux Cosimo di Medici quand il se faisait porter dans son palais solitaire : « Cette maison est bien grande » pour une si petite famille (1). » Pauvre vieillard !

— Il est temps de nous séparer, dit Montano, le Dieu d'Abraham et d'Isaac veille sur nous. Encore quelques jours, et le cri de Peuple! Peuple! réjouira les cœurs indépendants. Toutes les gloires sont ombrageuses aux rois.

Ils se disposaient à se quitter, lorsqu'ils aperçurent une figure qui se mouvait à quelque distance d'eux.

— Est-ce déjà mon Génie? demanda

(1) Scipione Ammirato.

Lampugnani, faisant allusion au fantôme de mort que le second Brutus vit debout, une nuit, à la porte de sa tente.

— C'est un pénitent, s'écria Visconti en s'élançant sur ses traces.

— Ou peut-être le démon qui vient nous applaudir.

A cette saillie de Lampugnani, Montano opposa une parole sévère.

—Ce n'est ni le temps ni le lieu, Andrea, d'écouter ta verve railleuse ; sois grave et circonspect, tu viens de le promettre.

— Maître, répondit le jeune homme, mon bras serait faible si je laissais la noire inquiétude s'emparer de mon âme. Souffrez donc mes épanchements. Le Créateur m'a refusé la nature sévère de Dante Alighieri, mais il m'a donné, comme au fameux Florentin, la haine de l'injustice et la fermeté qui la combat et la détruit.

— C'est te placer haut, Lampugnani, que de te comparer à Dante. Pauvre grand homme! ses dernières années se ressentirent du choc violent des choses; il se déclara las, qu'il n'avait pas achevé sa route! Je sais de lui un trait bien mélancolique et bien attachant. Un jour, un pèlerin, de stature élevée, entra dans le monastère de Corvo. Il se tint quelque temps muet, immobile, et les bras croisés sur la poitrine, devant les religieux attentifs. Enfin, un des solitaires lui demanda ce qu'il voulait. D'abord l'étranger ne répondit pas; il semblait méditer. Interrogé de nouveau sur l'objet de sa venue, sur ce qu'il voulait enfin, il tourna lentement sa face livide et sombre, regarda les religieux, et répondit : La paix.

Je ne connais rien de plus touchant, ajouta
Montano, que le besoin de repos exprimé
par cet être jusqu'alors si avide de bruit,
de mouvement; si puissant de sa colère,
de son patriotisme et de son passé indomptable et sauvage.

— Se nomma-t-il? demanda Visconti.

— Oui. Il laissa même à un de ces hommes pieux et tranquilles une partie de son
œuvre formidable.

III.

Une Femme.

Quoi ! vous me pleureriez mourant pour mon pays !
P. Corneille.

Je me demandais quelle est cette
mystérieuse puissance qui fait toujours
sortir une affliction du milieu de nos
joies les plus vives, comme si en les
goûtant l'homme était infidèle à sa mission, et que la destinée dût aussitôt le
ramener violemment à cette loi de son
existence, le malheur.

N. A. de Salvandy.

Olgiati, de retour dans sa maison, fut
frappé de l'air triste et solennel de sa
femme.

— Je croyais que vous m'aimiez, lui
dit-elle.

—Qu'ai-je donc fait, Elena, pour que tu en doutes?

— Vous avez des secrets, ami, des secrets envers moi; et pourtant je n'ai pas une parole qui ne vous soit connue.

— Crois bien que si j'avais un secret, Elena, ce ne serait vraiment que par affection pour toi que je te le tairais. Il doit être affreux d'associer une femme jeune et délicate aux inquiétudes d'un lendemain incertain. Va te reposer, mon amour; et dis-toi bien que nulle femme n'est plus aimée, plus estimée qu'Elena. Ne t'ai-je pas choisie entre toutes?

— Tu veux te perdre, s'écria-t-elle. Oh! prends en pitié mon amour et mes douleurs! Tu affectes de ne pas me comprendre... Je vais m'expliquer. Ce soir, Olgiati,

vous étiez dans le jardin de la basilique de
Saint-Ambroise avec Carlo Visconti, Andrea Lampugnani, et Cola Montano, si
profondément détesté de Galéaz. Vous y
avez prêté un terrible serment. Elle ajouta
bien bas, en plongeant un long regard
dans les yeux étonnés d'Olgiati : Vous y
avez juré la mort du duc de Milan. N'es-
saie pas de le nier! j'y étais, j'ai tout entendu.

— C'est donc toi....?

— Oui, c'est moi que Visconti a poursuivie. Que veux-tu faire? Mourir du supplice des traîtres. Est-ce au bourreau,
Olgiati, à trancher tes nobles destinées?
Si jamais tu m'as aimée, tu laisseras à Dieu
le soin de venger Milan. A lui seul appartient le droit de punir. Les hommes doivent espérer et attendre. Mon ami, mon

protecteur, moi aussi j'ai un secret à te
dire. Ne le devines-tu pas? Elle appuya sa
tête sur le sein du jeune homme; et ce
fut d'une voix timide mais heureuse qu'elle
ajouta: Olgiati, je vais être mère.

Un cri de joie partit du cœur d'Olgiati,
puis il pâlit.

— Maintenant, dis-moi que tu renonces
à ton projet. Un vrai père ne lègue pas à
ses enfants un nom entaché d'opprobre.

— Pauvre femme! que me demandes-
tu?

Elle se mit à ses pieds.

— Oh! si tu meurs, je mourrai avec toi;
et il mourra aussi, lui! Il mourra avant
même d'avoir senti la vie. Olgiati, n'as-tu
pas une parole de cœur à dire à ta femme?

— Vous me faites bien mal.... relevez-vous ! Oh ! ne restez pas ainsi prosternée, je ne suis pas Dieu. Tu me parles d'opprobre, faible femme, je n'attends rien des hommes. De vains applaudissements seraient un prix trop vil pour le sacrifice des années que je pouvais encore espérer sur la terre. Elena ! Milan sera libre !.... Tu restes froide à cette pensée ; et moi, elle m'enivre, elle me donne la force de braver les bourreaux et leurs tortures. Que je meure, mon Dieu ! mais qu'en mourant je sache que mon pays est affranchi ! Des affections égoïstes doivent se taire en présence de si grands intérêts ! Oublie qu'Olgiati est ton mari, ne vois en lui qu'un des libérateurs de Milan. Rappelle-toi les femmes de Sparte et de Rome.

— Toutes mes vertus sont ma tendresse

pour toi. Tu es ma patrie, ma joie, ma
gloire, ma religion. Je ne vis que par
toi, sans toi je ne suis rien. Commande-
moi de mourir, je ne regretterai ni beauté,
ni jeunesse; je ne regretterai que ton
amour qui donnait à mon cœur une sérénité si fière. Oh! si, je regretterais encore
la vie pour mon fils! Olgiati, il m'est si
doux de penser qu'un jour tu ressaisiras
en lui tes jeunes et fraîches années; que
tu te retrouveras enfant sur le sein de ta
mère, demandant, avec une naïve confiance, des baisers, du bonheur. Oh! ce
rêve est-il trop beau!... Dis, veux-tu que la
mort m'ôte mes pures joies de mère avant
même qu'elles se soient réalisées?

— Femme, répondit Olgiati d'une voix
sombre et altérée, j'espérais vous trouver
laauteur de nos misères. C'était, je

vous le dis encore, pour vous épargner
les tourmens de l'inquiétude que je vous
cachais nos projets; mais Dieu m'est témoin que j'étais loin de suspecter votre
patriotisme. Cet homme, que votre faiblesse
voudrait que j'épargnasse, vous épargne-
rait-il, lui? Si vous avez échappé à sa brutalité, c'est parce que jusqu'à ce jour vous
avez refusé de paraître à ses fêtes. Des
femmes aussi belles, aussi pures que
vous ont été flétries par ce monstre. Elena
avait rougi. Prie, ajouta Olgiati avec
douceur, prie la sainte mère de Dieu. Elle
a bien souffert, elle qui a vu son fils attaché comme un voleur à une croix infâme !
elle qui a assisté à sa longue agonie !.....
Prie, Elena, et tu t'élèveras au-dessus des
intérêts de la terre !

— Et notre fils? dit la mère en levant

sur Olgiati sa figure pâle et touchante.

— Notre fils maudirait un jour l'existence s'il la devait à une bassesse. Serait-il
d'ailleurs si malheureux d'échapper aux
dures épreuves de la vie?

— Tu me l'as faite bien douce, Olgiati,
j'ai droit de l'aimer et de la souhaiter pour
mon enfant.

— Douce! et la désolation planait sur
toutes les familles! Douce, Elena!... quand
tu dormais heureuse et paisible sur mon
sein, moi, j'entendais les cris de mes frères
qu'on égorgeait; je voyais leurs regards de
malédiction; je ne dormais pas, moi. Et le
lendemain, je parcourais la ville, la honte au
front, le remords et le désespoir au cœur!
Je la parcourais comme un fou, comme un
misérable réprouvé! J'avais horreur de

moi. Que souvent j'ai été prêt à demander
à Galéaz compte de ses crimes! mais ton
image se plaçait entre la vengeance et moi;
et je revenais lâchement feindre et sourire dans tes bras. Oh! que ma tête tombe
avant que je recommence de si terribles
épreuves! Je n'ai de calme que depuis cette
résolution qui te fait pâlir, toi, faible femme!
Il la regarda fixement. Sais-tu, Elena, que
ton Olgiati s'est mille fois reproché son
mariage! des voluptés de cœur, des voluptés de sens quand tout un peuple souffre! Il fallait, en signe de deuil, se couvrir
la tête de cendre; il fallait, à force de douleur, protester contre le tyran. Galéaz a
vu qu'on pouvait encore donner des fêtes,
que les épouses ne frémissaient pas d'être
mères; et il a tout osé.

Elena lui tendit la main.

— Olgiati, je ne chercherai plus à traverser vos desseins. Satisfaite de mon
égoïste félicité, je n'ai accordé que des
regrets passagers aux victimes de Galéaz :
peut-être mérité-je d'en être punie. Mon
Dieu! que je sois la seule qui souffre! Lui
n'a droit qu'au bonheur!

Il couvrit de baisers son front pâle et
chéri. De tendres paroles rouvrirent le
cœur de la jeune femme aux bienfaisantes
illusions.

IV.

Le Malheur.

O mes membres! ne vieillissez pas
tout-à-coup!   *Shakspeare.*

Le mois de mai de la vie ne fleurit
qu'une fois et ne revient plus, il est flé-
tri pour moi.   *Schiller.*

Partout ce vent de mort ébranche la famille.
Victor Hugo.

A cinq jours de là, toute la maison
d'Olgiati était plongée dans la consterna-
tion. Les domestiques couraient chez tous
les amis de leur maître, demandant si l'on
n'avait pas vu la signora Elena. La vieille

nourrice appelait à grands cris l'enfant
qu'elle avait nourrie de son lait. Elena avait
été enlevée en sortant le soir de l'église,
où elle s'était rendue à pied, suivie d'un
seul domestique. Olgiati, insensé de douleur, courait dans les rues étroites et
sombres de Milan, accompagné de deux
serviteurs qui portaient des torches. De
temps en temps il rentrait. Son regard
interrogeait les visages de ses domestiques;
eux, baissaient la tête; et lui, incapable de
proférer un mot, il s'élançait encore hors
de cette maison. Il allait, il allait, sans
savoir où, jetant dans sa course haletante
des prières et des malédictions. Qui accuser?
Galéaz était absent depuis deux jours; et
quand il l'avait appris, il avait senti ce que
sentirait un damné auquel il serait accordé
un sursis. Tout le jour qui suivit cette
nuit, deux autres nuits, deux autres jours

encore pesèrent sur le malheureux, sans
apporter aucune distraction à son âpre
douleur. Souvent, plongé dans une rêverie
immobile, il croyait la voir, l'entendre :
c'était sa figure, élégante et gracieuse, ses
yeux noirs pleins d'amour, ses pieds qui
effleuraient le marbre sans en tirer un son,
et sa voix pénétrante et douce. Il bondis-
sait, il étendait les bras, sa poitrine se
gonflait de soupirs. Son regard ne saisis-
sait rien.... Il avait vu Montano ; le vieillard
avait pleuré. Malade de corps, malade
d'esprit, Olgiati se traînait comme un fantôme aux réunions nocturnes de Lampugnani et de Visconti.

Le soir du quatrième jour, un religieux
demanda à parler au signor Olgiati et lui
remit un billet. La figure du religieux
était grave et triste. Olgiati lut le billet et

partit sans dire un mot. On l'attendit toute
la nuit.

— En sera-t-il de lui comme de la signora Elena? se demandaient les domestiques frappés de stupeur.

— Ma douce et belle Elena était l'étoile
brillante de cette maison, disait la nourrice; si elle s'éteint, les splendeurs des Olgiati s'éteindront avec elle.

Le religieux conduisit Olgiati à travers
des rues solitaires, dans une maison de
pauvre apparence, éclairée, comme l'était
à cette époque une partie des maisons de
Milan, par des châssis couverts de papier
huilé. Olgiati tremblait en montant l'escalier. Quand ils furent parvenus sous les
combles, le religieux montra de la main
au jeune homme une petite porte cintrée.

— C'est là, dit-il.

Olgiati s'appuya contre le mur : ses forces l'abandonnaient.

— Du courage, mon frère; tous les hommes ont leur calice d'amertume à vider.

Cela dit, le religieux heurta doucement à la porte qui fut ouverte par une vieille dame; et il s'éloigna après avoir laissé une parole affectueuse à son jeune compagnon.

Olgiati se trouva en face d'une femme que son cœur avait nommée, bien avant que sa voix eût pu articuler les syllabes qui composaient le nom d'Elena. Elle se leva de la chaise pliante où elle était assise, et fit quelques pas au-devant de son mari. Ivre d'une joie douloureuse, il voulut la prendre dans ses bras; elle jeta un cri, et

tomba pâle, sanglotante aux pieds d'Olgiati; ses deux mains se joignirent.

— Vous ne me demandez pas comment
je suis ici?

— Elena! tais-toi... Ne me dis rien encore! Mais de grâce quitte cette posture!

Elle obéit. Ce fut lui qui le premier mit
fin au triste silence qui s'était établi entre
eux.

— Oh! sortons de cette chambre; elle
est si délabrée! Je souffre de t'y voir!

— Olgiati, lui dit-elle d'une voix triste
mais ferme, la maison qui accueillit la
pure jeune fille ne doit pas me revoir.

— Tes paroles me glacent, Elena. As-tu
cessé de m'aimer?

— Vous ne le pensez pas.

— Eh bien ?

A peine eut-il laissé échapper cette sorte de question, qu'il eut peur.

—J'ai passé une nuit et un jour dans la villa de Galéaz, répondit-elle avec un calme effrayant. Il la regarda dans les yeux et ne dit pas un mot. Elena répéta son étrange révélation. Comprenez - vous, Olgiati ? ajouta-t-elle d'une voix que le désespoir rendait terrible.

— Toi! toi! cria-t-il. Dis-moi que c'est un rêve! dis-moi que je suis fou!

—Olgiati ! dit la malheureuse, j'ai désiré vous revoir avant de mourir.

Il ne l'écoutait plus, perdu qu'il était

dans sa sombre colère. Elle serra ses genoux et fit entendre un gémissement.

— Que veux-tu? que m'as-tu dit?... Il
porta la main à sa tête; tout y était confusion.

— C'est à la certitude de ma mort prochaine que j'ai dû le courage de m'exposer
à votre indignation... Olgiati! dites à l'a-
dultère que vous lui pardonnez!... J'ai besoin de votre pardon pour mourir moins
misérable... Adultère! Mon Dieu! le suis-je
en effet?

Elle cacha son visage dans ses mains, et
l'agitation de son âme fit frémir ses membres.

— Tu ne mourras pas, tu ne dois pas
mourir. Si je pouvais le tuer, là, sous tes
yeux... le fouler aux pieds... lui arracher

des cris... le faire mourir, revivre et
mourir encore!... Si j'étais Dieu! Oh! si
j'étais Dieu!... Pourquoi ne suis-je qu'un
homme?... Mais un homme est bien puissant quand il veut... Oui, je serai cet
homme... Mon Elena, viens sur mon
cœur; que mon amour te fasse un peu de
bien! Pauvre âme, tu es pâle et triste!...
Oh! lève la tête avec fierté! Rien n'est
perdu! Tu es restée chaste aux yeux de
Dieu, et tu es toujours l'honneur et la joie
de ton mari. Elena, viens donc!

La jeune femme pencha son front sur
l'épaule d'Olgiati, et ses larmes coulèrent.

— Merci, merci, lui dit-elle; tu ne
veux pas que le désespoir entoure ma fin
d'horreurs. Sois béni, toi à qui je n'ose
plus donner le plus aimé, le plus beau des
titres, sois béni à jamais!

— Ne me chagrine pas, Elena; tu dois vivre pour moi, pour ton enfant. Le misérable qui a corrompu nos félicités entrera bientôt dans la mort; et la mort, tu le sais, garde religieusement les secrets de la vie.

— Mais pour nous, ami, ce secret ne mourrait pas. Mon front se glacerait sous vos baisers; chacun de vos regards me semblerait un reproche; chacune de vos paroles retentirait dans mon cœur comme un appel fait à de méprisables souvenirs. Plus de confiance, nous ne trouverions plus rien à nous dire... Que je quitte la vie avant d'avoir senti cette indigence de cœur !

— La mort est donc bien désirable? lui dit-il d'une voix amère.

— Je n'ai que dix-huit ans, répondit la

jeune femme avec une angélique tristesse,
et ces dix-huit ans ont été doux et beaux.

— Vis pour moi, Elena! Que veux-tu
que je devienne sans ton affection? Quoi!
ta voix chérie serait muette à ma voix! Je
te chercherais dans ma vie, et je t'y chercherais en vain! La seule pensée m'en est
affreuse.

— Quand je voudrais vivre, je ne le
pourrais pas. Pardonne, Olgiati; mais j'ai
besoin de calme, j'ai besoin du long oubli de la mort; il me faut un repos absolu,
la mort seule le donne. Ne pleure pas, ami;
vivante, je me serais vue outragée par les
hommes, ils m'auraient jeté un nom in-
fàme; j'aurais été pour eux la maîtresse de
Galéaz!.... Oh! la vie d'Elena doit finir! Olgiati, tu me garderas dans ton cœur telle
que j'aurais voulu toujours rester pour

toi. Que ferais-tu, pauvre ami, d'une femme déshonorée? Ce doit être un fardeau horrible à traîner tous les jours. Bénis Dieu avec moi de la dernière preuve de bonté qu'il donne à Elena! Vois-tu, Olgiati, tu aurais cessé de m'aimer, et j'en serais morte de regret; tout est bien, je le sens.

— Comment es-tu sortie de chez l'infâme?

— Il m'a chassée.

— Oh!

Elena s'évanouit.

Alors, à genoux devant elle, il la ranima par ses baisers et ses pleurs.

— Il faut que tu sortes d'ici, que tu reviennes dans ta maison.

— Je ne puis y rentrer que morte, Olgiati. Mais l'asile que j'ai choisi convien-
drait à la femme la plus chaste. Nous
sommes chez une parente du vénérable
Venanzio. C'est à lui que je suis venue demander des consolations; et quand il a
pensé que je pourrais te voir sans expirer
de honte à tes pieds, il t'a envoyé le religieux.

Elle vécut encore un jour, s'entrete-
nant avec le prêtre et avec son mari. Le
deuxième jour, elle n'avait qu'Olgiati auprès d'elle; c'était le matin.

— Je sens que je m'en vais, dit-elle.
Prie le bon père de venir m'aider à sortir
de la vie; mais toi, reste : Dieu me par-
donnera de te donner mon dernier regard et ma dernière pensée.

Elle exhala sur le sein d'Olgiati son plus doux soupir de religion et d'amour. Il la contempla long-temps, belle d'un pâle et dernier sourire, serrant sur son cœur l'image du Dieu mourant.

Le Meurtre.

Le lendemain de Noël, 26 décembre
1476, quand à peine une faible clarté
brillait au ciel, Olgiati, Visconti et Lampugnani, à genoux dans l'église de San-
Stéfano, priaient le premier martyr de la

foi de Jésus-Christ de leur pardonner le
meurtre qui allait ensanglanter son temple.
Galéaz devait ce matin même assister à une
messe solennelle qu'on y célébrait; et eux
avaient choisi ce lieu pour en faire la scène
visible de l'expiation. L'archi-prêtre dit la
messe; ils l'entendirent avec une piété
édifiante.

Il faisait un froid si pénétrant qu'Olgiati
se fit donner les clefs de la maison de
l'archi-prêtre; et tous trois allèrent y
passer le temps qui devait s'écouler avant
l'arrivée du duc (1). Tous les jours qui
avaient précédé ce jour, les trois conjurés
s'étaient exercés à l'escrime (2). Il avait été
convenu entre eux, pour ne donner aucun

(1) Relazione d'Olgiati.
(2)   *Ibid.*

soupçon, que Lampugnani, offensé par
Galéa, seulement dans des intérêts positifs,
serait le premier qui s'offrirait à ses regards et qui porterait le premier coup.
Lampugnani et Visconti causaient tranquillement. Olgiati, incapable de calme,
jetait quelques paroles d'une douleur impatiente à travers cette conversation ; et,
la tête penchée, il cherchait à saisir les
bruits qui se faisaient au dehors. Son œil
interrogeait le sablier, il se plaignait de la
lenteur du temps.

— Si Galéaz avait changé d'idée ! pensa
tout haut Visconti.

— J'irais le frapper dans son palais, répondit Olgiati avec un air de terrible résolution ; aujourd'hui l'un de nous deux doit
périr.

— Peut-être ce soir, dit Lampugnani, saurons-nous tous quatre le grand secret de la mort. C'est une révélation, ajouta-t-il d'un ton léger, comme pour donner un démenti à ses paroles mélancoliques, que j'aimerais autant qui me fût faite un peu plus tard. A dire vrai, je redoute cette rive mystérieuse d'où nul n'est jamais revenu. Olgiati, et toi, Visconti, si c'est moi qui reste, venez me dire quelque chose de ce que tout homme désire tant savoir !.... Mais pourquoi le satan Galéaz tarde-t-il ainsi ? Le sable est presque écoulé. Il y a près d'une heure que nous l'attendons.

Que faisait en effet le duc de Milan ?

Tourmenté de noires inquiétudes, il hésitait à quitter son palais. On aurait pu le voir, agité, livré à tout ce que l'indé-

cision a de pénible, errer d'une salle à une
autre. Cette vague terreur, qui le livrait
à tant de souffrances , était sans doute
une voix du ciel; négligerait-il cet aver-
tissement? Mais comment, sous quel prétexte ne pas aller à l'église? L'ambassadeur
de Mantoue et l'ambassadeur de Ferrare
devaient l'y accompagner. Fallait-il qu'il
leur donnât sa faiblesse en spectacle? Et
la cour et le peuple riraient. A mesure que
le moment approchait, ses appréhensions
prenaient une forme plus terrible et plus
directe. Fatigué de cette lutte, il s'avoua
vaincu, et accepta par anticipation toutes
les conséquences de cette apparente bizar-
rerie, toutes les moqueries qu'en pourraient
faire ses ennemis. Il dit donc qu'il enten-
drait la messe dans la chapelle du palais ,
et non dans le temple de San-Stéfano ,
comme il en avait d'abord exprimé l'inten-

tion; mais le prêtre officiant était déjà parti
et avait emporté tous les ornements (1).
Galéaz changea de couleur et s'abandonna à
sa destinée. Ses adieux à son fils et à sa fille
furent empreints d'une tendre mélancolie.
Il embrassa plusieurs fois Giovanni, enfant
de huit ans, bien doux, bien timide et bien
insoucieux d'un avenir qui s'avançait pour
lui chargé d'orages. Bianca fut aussi cares-
sée et reçut de doux noms. La princesse
Bonne sourit avec une grâce moqueuse à
l'affection subitement réveillée de son
époux. Elle ne comprenait rien à ce changement. Avant de quitter la salle où étaient
ses enfants, il tourna la tête plusieurs fois,
s'arrêta sur le seuil de la porte pour les
regarder encore; et il ne reprit une appa-

(1) Machiavelli, Simonde de Sismondi.

rence de calme que lorsqu'il lui fut devenu
impossible de les apercevoir.

« L'incertitude et le vertige, a dit Juvé-
» nal, furent toujours le caractère des
» méchants ; ils n'ont de fermeté qu'au
« moment où ils commettent le crime. »
Galéaz, sorti de son palais, se mit à causer
avec les ambassadeurs.

— Le voilà! s'écria Olgiati attentif. En-
tendez le bruit de la foule! Oh! que ma
main ne faiblisse pas! Lampugnani, Visconti, à genoux! Demandons des forces à
celui qui peut troubler le plus fier courage! Il fit David vainqueur de Goliath.

Ils prièrent ensemble. C'était un spectacle singulier que celui de ces trois hommes appelant sur une pensée de sang la
bénédiction d'un Dieu tout de miséricorde.

Galéaz Sforza se plaça à l'église entre les deux ambassadeurs. Le sacrifice commença.

Un homme, la tête haute, la démarche assurée, s'avança au milieu de la foule, qu'il écartait du geste et de la voix : c'était Andrea Lampugnani. Il porta la main gauche à la toque de Galéaz en signe de respect, puis il mit un genou en terre. Le duc attendait ce que lui voulait ce haut suppliant. Lampugnani tira un petit poignard qu'il tenait caché dans sa manche et l'en frappa au ventre. Olgiati lui porta aussitôt deux coups terribles à la gorge et à la poitrine. Visconti l'atteignit à l'épaule et au milieu du dos. Pendant cet acte de terrible justice, pas un mot n'avait été prononcé : une inconcevable promptitude, une spontanéité qui tenait du prodige, avaient caractérisé ce drame sanglant. Le

duc tomba dans les bras des deux ambassadeurs, en laissant échapper de ses lèvres
mourantes cette exclamation : Ah! Dieu (1)!

Alors ce fut dans le temple un mélange
insaisissable de terreurs contenues, de
malédictions énergiques, de stupides et
dégradantes lâchetés ; un bruit de pas, de
murmures, de voix, de cris, d'armes. Les
uns se précipitaient, épouvantés, vers la
porte ; les autres, l'épée à la main, se
frayaient un passage vers le lieu de la
scène. Et cette foule qui se ruait, qui
ondoyait dans tous les sens, formait une
masse serrée d'où surgissaient des têtes
livides, béantes de terreur, et des têtes
menaçantes, aux yeux noirs et passionnés.
Ces yeux qui se parlaient entre eux avaient

(1) Machiavelli, Corio, Simonde de Sismondi.

une éloquence rapide, saisissante, bien
supérieure à tous les miracles de la parole.
A l'effroi de la réalité se mêlaient d'horribles inquiétudes : Quel était le but de
cet acte sanglant? Était-ce une vengeance
isolée ou bien une vaste conspiration
contre l'État? Les gardes et les courtisans
du duc, revenus de leur première stupeur,
avaient reconnu et nommé les meurtriers:
ils s'étaient mis à leur poursuite.

Lampugnani fuyait. Il tomba à travers
un groupe de femmes prosternées. Ses
éperons s'embarrassèrent dans ses vêtements. Alors il se dressa sur ses genoux et
se trouva en face d'une figure maure qui
tenait une épée nue levée sur sa tête. Fasciné
par cette apparition, le jeune homme ne
déploya sa force qu'à demi. La lutte ne
fut pas longue: le Maure égorgea le noble

assassin (1). Visconti courut nu-tête dans
les rues, l'égarement était dans ses yeux :
c'est que la multitude, qui avait débordé
hors du temple, remplissait l'air de ses
hurlements, c'est qu'elle demandait la tête
des meurtriers. Et c'était pour elle, bien
plus encore que pour venger son affront,
qu'il s'était dévoué ! La mort, une mort
horrible en fut la récompense.

Olgiati s'était échappé, il se présenta
chez son père ; les domestiques avaient
ordre de ne pas l'introduire (2). Debout,
et péniblement affecté de cette réception,
il attendait dans la cour une réponse de
ce père dont il aurait voulu désarmer la
colère.

(1) Simonde de Sismondi.
(2)   *Ibid*

—Dites-lui, proféra le vieillard indigné,
que ma maison ne peut servir d'asile à un
assassin.

—On est à sa poursuite, s'écria le serviteur qui avait vu naître Olgiati, qui
souvent l'avait porté dans ses bras, et
qu'enhardissait le péril de son jeune maître.
S'ils le prennent, ils le massacreront.

—Luigi, réserve tes prières pour une
plus noble cause. Le sang veut du sang.
Dieu et les hommes ont proscrit Girolamo,
que ses destinées s'accomplissent!

Le serviteur voulut encore hasarder
quelques mots.

—Si tu tiens à finir tes jours sous le
vieux toit, si tu veux que j'épargne un
chagrin à tes cheveux blancs, tu n'ajou-

teras pas un mot en faveur de l'assassin.

La fermeté d'Olgiati l'abandonna un instant, quand il se vit irrévocablement condamné par son père. Valait-il la peine qu'il vécût? Montano se présenta à lui.

— Viens, lui dit le vieillard en l'entraînant hors de cette maison inhospitalière, tous les cœurs ne te sont pas fermés.

Olgiati se laissa conduire sans faire une objection. Il se trouva dans la pauvre chambre du vieux prêtre ami de sa famille. Montano lui serra la main, et le quitta en lui promettant de revenir bientôt. Le père Venanzio lui présenta tout aussitôt son visage affectueux.

— Qu'as-tu fait, mon fils? dit le digne ministre; tu as voulu prendre la place de

Dieu, tu as devancé ses jugements. Qui sait, ajouta-t-il avec une douloureuse sévérité, si demain Galéaz ne se serait pas repenti ? Et d'ailleurs, est-il donné à la créature de pénétrer dans le secret de l'ordre universel ? Qui osera dire: Ceci est bien, ceci est mal, cet homme est de trop?

— Il m'est affreux d'encourir votre blâme, répondit Olgiati; mais Dieu qui lit dans les cœurs sait bien que mes intentions étaient grandes et pures. Je m'en serais défié, mon père, si je ne les avais conçues qu'après la mort de ma sainte Elena. Quand je jurai avec mes amis la perte de Galéaz, je n'avais aucune personne de ma famille à pleurer ; c'était la nation que je voulais affranchir.

— Que te réserve-t-elle ? dit le prêtre

en joignant les mains. Pauvre malheureux!
je n'ajouterai pas à tes souffrances. Que
Dieu te pardonne en faveur de ton motif!

— Mon père, si je meurs assassiné, sans
pouvoir dire un mot, promettez-moi que
vous défendrez ma mémoire et celle de
mes amis de flétrissants soupçons; dites
bien aux Milanais que c'est pour eux, pour
eux seulement, que nous avons versé le
sang et bravé la vengeance des hommes.

— Je te le promets, mon fils.

— Maintenant, je voudrais bien savoir
si Visconti et Lampugnani sont en sûreté;
allez vous en informer mon père.

— Permets-moi de ne pas te quitter. Si
l'on te découvrait ici, peut-être que le

sacré caractère dont je suis revêtu arrê-
terait la rage des furieux.

— C'est une erreur, mon père. N'est-ce
pas dans une église que Galéaz vient d'être
frappé? Mais, de grâce, allez vous informer
de mes amis.

Le prêtre s'éloigna à regret.

Quand Olgiati fut seul, il se laissa aller
à un mouvement d'idées fières et orageu-
ses. Pourquoi se cachait-il comme un vil
assassin? Que ne se présentait-il à ce peuple pour lui dire : C'est moi qui ai tué votre
tyran, je n'ai voulu que le bonheur de
vous être utile ; punissez-moi si vous me
trouvez coupable. Dominé par l'orgueil de
l'innocence, il se disposait à sortir, lorsqu'il entendit un bruit vague dans le lointain ; c'était comme des eaux qui débordent

et s'écoulent. A mesure que le bruit se rapprochait, Olgiati croyait y saisir des pas et des voix humaines. Ce bruit devint immense, quand il passa dans la rue. Le nom de Lampugnani et le nom de Visconti s'y mêlaient à d'atroces anathèmes. Les poursuivait-on ? Olgiati s'élança vers la croisée, et ses yeux se fixèrent sur un horrible spectacle.

Des flots de peuple inondaient la rue. A la tête de cette multitude ivre de colère, s'avançaient quelques uns de ces hommes que leur costume indécemment bizarre, leurs gestes, leur figure cadavéreuse et sinistre marquent partout d'une empreinte maudite. On les trouve si différents des autres êtres, qu'on se demande à quelle nation, à quel pays, à quel âge social ils appartiennent. Comment se trouvent-ils

là ? Où étaient-ils, où se tenaient-ils auparavant ? Jamais ils ne se sont montrés
dans les fêtes. Fuyaient-ils les clartés du
soleil? Ces hommes exhalent une odeur
de sang. Pourquoi ont-ils surgi tout-à-
coup? C'est que, semblables aux noirs
vautours, ils apparaissent au moment du
carnage.

Les sauvages hideux que nous venons
de décrire traînaient quelque chose à leur
suite : c'étaient deux masses informes, pé-
tries de chair, de sang et de boue (1). Olgiati devina plutôt qu'il ne reconnut les
cadavres de ses amis. Il jeta un cri lamen-
table et ferma les yeux. Qu'était devenu
ce brillant Lampugnani, lui à qui la vie
était si légère et si moqueuse; et Visconti,

(1) Machiavelli, Simonde de Sismondi.

avec sa belle et mélancolique figure, et ses
longs cheveux, et son corps jeune et sou-
ple? Des trépignements de pieds, des bat-
tements de mains, des ricanements inouïs
et tout-à-fait indescriptibles appelèrent de
nouveau l'attention d'Olgiati sur cette
scène d'horreur. Il regarda; et le vertige
courut dans son cerveau; et tout sembla
se remuer, danser, s'écrouler autour de
lui. Des milliers de visages étaient attachés
au sien avec d'atroces sourires. On se le
désignait, on se le montrait du doigt; et des
voix ignorées de la terre, des voix de démons, hurlaient en chœur le nom d'Olgiati.
Il resta là, dans une fatale immobilité, les
pieds attachés au sol, les yeux pleins de ces
regards d'une ironie sinistre et l'oreille torturée par des notes infernales. La maison
reçut tout-à-coup une effroyable secousse.
Des milliers de pas se pressaient sur l'es-

calier. La porte fut enfoncée ; et un océan
d'hommes, de femmes, d'enfants, déborda
tumultueux, sans frein, dans la chambre
d'Olgiati.

— A mort ! à mort !

Et encore une fois il se vit sous le feu
de ces yeux noirs et féroces. Alors il sortit
comme d'un rêve pénible ; il retrouva,
avec son intelligence, son haut mépris
pour la mort et ce calme d'une conscience
qui ne se reproche rien. Des mains vou-
laient le déchirer, d'autres mains le sau-
vèrent.

Un cachot reçut le jeune homme. Les
bourreaux épuisèrent leur art pour le torturer. Ce fut le corps tout saignant, les os
tout disloqués et dans l'attente certaine
d'une mort épouvantable, qu'Olgiati écri-

vit, *par l'ordre de ses juges* , la *relation*
circonstanciée de tout ce qui avait précédé
le meurtre de Galéaz Sforza; relation qui
porte un caractère admirable de patriotisme et de simplicité religieuse et con-
solante.

Enfin le genre de sa mort fut prononcé.
Il entendit, avec l'expression d'un calme
fier et mélancolique, l'arrêt qui le con-
damnait à être *tenaillé et coupé vivant en
morceaux*. Un prêtre l'exhortait à se repentir, il leva sur lui un regard beau de
sérénité. « J'ai mérité, dit-il, pour beau-
» coup d'erreurs, ces horribles souffrances
» et de plus grandes encore, si ma faible
» nature pouvait les supporter. Mais bien
» loin de croire que j'aie à me repentir de
» la belle action que vous m'imputez à
» crime, loin de supposer que je doive

» souffrir pour l'avoir faite, c'est en elle
» que je me confie, dans l'espoir que le
» Juge suprême me remettra mes autres
» fautes. Si je devais dix fois revivre pour
» périr dans les mêmes tourments, je n'en
» consacrerais pas moins tout ce que j'ai
» de sang et de forces pour un si noble
» but (1). »

Une fois la violence du bourreau lui
arracha un cri : « Cette mort est dure,
» dit-il, mais la gloire en est éternelle (2). »

Olgiati était mort en croyant sa patrie
affranchie.

— Infortuné! dit Montano, la voix des
siècles aurait pu te crier que la tyrannie
ne meurt jamais : c'est de forme qu'elle

---

(1) Machiavelli, Simonde de Sismondi.
(1) — *Ibid.* —   — *Ibid.* —

change, voilà tout. Elle s'est tue, cette voix,
pour respecter ta dernière illusion ; moi-
même, vieil insensé, j'avais méconnu cette
grande vérité! Et les peuples? ils se font
bourreaux aussi! Eh bien ! qu'ils gardent
leurs fers !... Que surtout ils retiennent
leur plainte : la plainte n'est pas leur
droit.

Le second des Brutus avait proféré ce
blasphème : *Vertu, tu n'es qu'un nom !*
Montano osa dire : Liberté !... tu n'es
qu'un beau rêve ! . . . .

Rendu à sa disposition habituelle, le
vieillard renia sans doute son désespoir.
En effet, il se lève incessamment pour
l'humanité des jours moins rudes, moins
avilis et forts de hautes espérances. A mesure que les sociétés accomplissent leurs
révolutions morales et politiques, l'huma-

nité se dégage des ombres qui envelop-
pent son horizon, elle marche à la conquête
d'une grandeur toujours mieux comprise.
Son histoire tout entière est là pour l'at-
tester. Rois et peuples, tout va se perfec-
tionnant. « Il n'est pas de prescriptions
» pour les droits de l'homme, a dit Herder,
» et les pouvoirs que Dieu lui a départis
» sont impérissables comme lui. »

LES JOIES DE HENRY VIII.

§ II.

I.

Un Assassinat juridique.

> O femme admirable et digne d'une meilleure fortune, si les fortunes de la terre étaient quelque chose !
>
> *Bossuet.*

> Les hommes sont moissonnés comme des épis dont les uns sont mûrs et les autres verts.
>
> *Marc-Aurèle.*

Dans la matinée du 27 mai de l'année 1541, un pâle et doux soleil perçait les brouillards qui dominent la cité de Londres, et éclairait ses rues étroites. Il y avait foule ce jour-là sur tous les points ; et

cette foule, emportée par un mouvement
sauvage, se ruait haletante, effarée, sur un
point unique. Les amis se heurtaient sans
échanger une parole ; à plus forte raison
les indifférents. On manquait de temps
pour se voir, pour se reconnaître, pour
être affectueux ou poli ; c'était à qui se
hâterait le plus ; et la curiosité, il faut bien
le dire, doublait les forces et la vitesse de
chacun. Quelques bourgeois, chargés d'en-
bonpoint et tristement attardés, mesu-
raient avec découragement ou avec dépit
la distance qui les séparait des plus
agiles. Un petit nombre de boutiques
étaient fermées, les autres semblaient gar-
dées, fort à regret, par quelques apprentis
courroucés et le nez au vent.

Une jeune femme assise en croupe
sur un cheval brun, derrière un homme
de bonne mine, dont ses bras délicats

serraient le corps ferme et robuste, lais-
sait errer ses yeux sur cette population
mouvante. Le cavalier donnait plus d'un
signe d'impatience d'être forcé à des on-
dulations continuelles. Il maudissait, en
une langue énergique, cette multitude
avide et fainéante, ce pavé caillouté (1)
qui, trempé encore des brumes du matin,
ôtait à la marche toute solidité réelle.
Derrière ce couple s'avançait à cheval un
valet armé.

—Que se passe-t-il, Reginald? demanda
la dame à M. Kyme son mari.

— Je ne puis guère le savoir mieux que
vous, Anna, répondit ce dernier. Toute

(1) Londres à cette époque n'était pas encore pavé de
dalles.

ma ressource est de m'adresser à un de ces drôles qui ressemblent à des dogues de mauvaise humeur sur le seuil de leurs boutiques.

Cela dit, il s'approcha d'un jeune homme, qui sifflotait sourdement en faisant claquer ses doigts à l'air, et il lui demanda la cause de cette étrange rumeur. Le drôle, selon l'expression de M. Kyme, se dressa comme un coq sur ses ergots, et après avoir toisé le questionneur de la tête aux pieds, il lui dit avec un étonnement mêlé de dédain :

— D'où vient donc Votre Honneur?... Se peut-il qu'un fils de la vieille Angleterre ne sache rien du grand événement qui met sur pied toute la ville de Londres?

— Nous changeons de rôle, l'ami, c'est

moi qui te questionne, répliqua brusquement le gentilhomme. Réponds-moi net-
tement et vite.

— C'est parler en homme qui n'a jamais
trouvé d'obstacle. Sa Majesté Henry VIII
ne dirait pas mieux. Il regarda fixement
M. Kyme et ajouta : Et s'il me plaît de ne
pas vous répondre?

— A ton aise, plat raisonneur, mords
ta langue et donne-toi au diable.

— Ainsi soit-il, répondit l'apprenti en
enfonçant ses deux mains dans ses poches
avec un air d'insouciance et de moquerie
joyeuse.

M. Kyme pressa les flancs de son cheval
et poursuivit son chemin, non sans décla-
mer contre cette race malapprise qui

n'avait qu'effronterie et mauvais vouloir
quand on ne flattait pas sa cupidité.

— Si vous demandiez à cet autre, dit
la dame en désignant du doigt un grand
garçon blond tranquillement debout à
côté de caisses remplies de marchandises;
sa figure est honnête.

— Pour qu'il nous crie : *Toile de Hollande, linon de France, linge de table da-
massé.* Nous ne tarderons pas d'ailleurs à
en savoir autant que tout le monde, et aucun de ces courtauds de boutique n'aura
encore le plaisir de rire de nous. Vous
aviez la maladie de voir Londres, Anna,
n'êtes-vous pas ravie de la politesse de ses
habitants?

— La grossièreté d'un seul ne peut me
prévenir contre tous.

— Fort bien, madame l'entêtée. J'aurais
dû prévoir d'avance que ma pensée ne serait pas la vôtre. Quant à moi, je tiens les
marchands de cette ville pour de vrais
pourceaux, et j'ai honte de la sotte com-
plaisance qui m'a fait quitter un pays ho-
norable pour venir dans ce cloaque, où je
m'étais bien promis de ne jamais remettre
les pieds. A ce débordement de paroles,
Anna, en femme d'esprit, opposa le silence : M. Kyme s'en offensa presque. Si je
lis bien dans votre cœur, Anna, vous vous
croyez un Socrate femelle parce qu'il vous
plaît en ce moment de contenir votre esprit d'opposition.

— En vérité, Reginald, vous faites tort
à votre jugement. Je me demandais si tous
ces gens n'ont pas hâte de voir une exécution.

1.   8

— Peut-être dites-vous bien, Anna;
une exécution est jeu de roi au temps
où nous sommes. Mais laissons un tel sujet; je ne suis pas assez las de la vie pour
risquer de la perdre à l'effet de vains discours; et il en faudrait moins.

Ils poursuivirent bien péniblement leur
chemin à travers cette foule bruyante et
serrée, qui grossissait à chaque pas. De toutes les maisons, de toutes les rues transver-
sales, se précipitaient à flots des êtres de
toute condition et de tout âge. Entraînés
par ce courant, M. Kyme et sa femme ar-
rivèrent sur une place couverte de spectateurs, et au milieu de laquelle était dressé
un échafaud. Anna serra convulsivement
le bras de son mari. Il lui adressa un regard affectueux, lui recommanda la prudence, et il devint attentif, comme tous,

à la scène qui se préparait. Elle ne dit pas
un mot pour essayer de combattre la volonté de M. Kyme; une curiosité d'inexprimable force l'attachait là et domptait
ses instincts de sensibilité. Pâle, mais
ferme et préparée à tout, elle attendait.
Au bout de trois quarts d'heure, un bruit
lointain se fit entendre. Ces milliers d'è-
tres humains s'agitèrent comme les grandes eaux de la mer en un jour de tempête.
Tous les yeux se tournèrent du même côté.
D'abord des hallebardes, des haches bril-
lèrent à ce doux soleil de mai, des sol-
dats montrèrent leurs figures empreintes
d'une impassibilité féroce. Une femme
de grand âge et de haut maintien s'avançait lentement vers l'échafaud. Sa vue
excitait une pitié et une admiration pro-
fondes, à en juger par le silence ou les gé-
missements de tout ce qui n'avait pas

intérêt à se proclamer cruel. Quelques marques de sensibilité éclatèrent sur son passage. Anna vit une jeune dame s'incliner devant la martyre et relever ensuite son visage baigné de larmes. Dans cette créature céleste de tendresse, elle reconnut une amie, Catherine Parr, veuve de lord Latimer. Violemment ému de ce spectacle, M. Kyme se pencha vers un vieillard de haute stature placé à sa droite, et dont les traits réfléchissaient une compassion mêlée de respect.

— Savez-vous le nom de cette femme? Et comme il surprit un mouvement soupçonneux de la part de cet homme, il ajouta vivement : J'arrive du Lincolnshire que j'habite, et c'est par hasard que je me trouve ici.

— Cette femme, répondit le vieillard

d'une voix basse et pénétrée, est la comtesse de Salisbury, la dernière descendante de la vieille race des Plantagenets.

Une exclamation d'horreur s'échappa des lèvres d'Anna. M. Kyme inclina son visage devenu sombre.

—Oui, la mère du cardinal de la Pole(1), dit-il avec réflexion. Et pourquoi l'a-t-on sortie de la Tour de Londres?

Le vieillard sourit tristement, mais aucune parole ne répondit à la question indiscrète du gentilhomme. Il était facile d'interpréter son silence. Les espions de Henry VIII ne manquaient pas à ces fêtes

(1) Le cardinal de la Pole s'était ouvertement déclaré contre le divorce de Henry VIII et sa séparation de l'Eglise romaine. Il avait même fomenté en Angleterre des intrigues qui ne tendaient rien moins qu'à détrôner Henry. Le marquis d'Exeter, sir Edward Nevil, sir Nicolas Carew, Henri de la Pole et lord Montacute payèrent de leur vie la part qu'ils y avaient prise.

de sang. S'il avait osé parler, il aurait dit :
Le roi a de la haine pour le cardinal; sa
vengeance ne pouvant l'atteindre, il tue
la mère. Cependant la comtesse de Salisbury était arrivée au pied de l'échafaud,
elle y monta solennellement. Parvenue au
sommet, elle sembla défier l'exécuteur; et,
malgré plusieurs invitations réitérées pour
qu'elle posât sa tête sur le billot, elle refusa. On sut depuis qu'elle lui avait répondu : « — Ma tête n'a jamais commis de
« trahison; si vous voulez l'avoir, pre-
nez-la comme vous pourrez. (2) »

— C'est une femme de cœur, dit
M. Kyme, elle proteste sans doute contre
l'arrêt.

Une lutte inouïe s'engagea entre la
royale victime et le bourreau. Il y eut pour

(1) Hubert, Hume, Lingard.

tous un moment d'inexprimable horreur.
La comtesse, la tête nue, ses cheveux
blancs livrés à l'air, le front empreint d'une
haute indignation, courait sur l'échafaud,
poursuivie par l'exécuteur, qui tenait sa
hache levée et faisait des efforts pour abat-
tre la victime en révolte. Irrité par cette
résistance inattendue, l'être ignoble souffrit et sa figure devint hideuse de colère.
Anna s'était presque évanouie quand la
tête de la fille des anciens rois roula aux
pieds du bourreau. A l'attente universelle,
exprimée par un silence profond, succé-
dèrent quelques cris solitaires de *Vive le
roi Henry VIII !* Mais combien plus de
sanglots et de pieuses exclamations ! —
Pauvre dame ! disaient les femmes et les
enfants. — C'est une sainte, murmuraient
les catholiques. Le bourreau s'essuyait le
front, il était content.

II.

La Lutte des idées.

Croyez-vous que l'homme timide
qui expire dans son lit, étouffé par
l'air infect qui environne la tyrannie,
ait une mort plus désirable que l'homme
ferme qui, sur l'échafaud, rend à Dieu
son âme libre, comme il l'a reçue de
lui ?

La Mennais.

A deux jours de ce spectacle sanglant
donné à tout un peuple, M. Kyme et sa
femme se promenaient dans les jardins
de lady Latimer avec cette dame. La vio-
lette s'épanouissait sous l'herbe, le thym

et le serpolet embaumaient l'air à mesure
que le pied foulait leurs tiges délicates.
Sur les cerisiers et les pruniers en fleurs
chantaient les petits oiseaux. Des buissons
de roses croissaient à côté des groseillers
tout chargés de grappes vermeilles; le
jasmin, doucement agité par un vent du
midi, secouait ses parfums et ses blanches
étoiles sur l'herbe molle et fine.

Tout en causant avec ses hôtes et du Lincolnshire et de l'emploi de leur journée,
lady Latimer cueillit un bouquet pour
son amie. Un petit coin abrité contre le
soleil par des arbres touffus, et entouré de
roches mousseuses, plut si fort à Anna
qu'on s'y arrêta. Les deux femmes s'assirent l'une à côté de l'autre et M. Kyme en
face d'elles.

— Tu dois aimer ce lieu, Catherine, dit

Anna; moi j'y passerais je crois mes jours
et mes nuits. A le voir si solitaire, si tranquille, on se croirait bien loin de Londres.
Point de bruit, une solitude parfaite.

— Oui, répondit Catherine, on y est
bien. Quand j'y ai vécu quelques heures
avec un livre ou une personne aimée, je
sens presque les joies du ciel, je ne voudrais plus retourner à la cour.

— C'est un séjour bien fait pour effrayer
une âme de femme, remarqua M. Kyme
d'un ton pénétré.

— Vous croyez? dit lady Latimer en
levant sur lui son visage doux et sérieux.

M. Kyme parla de l'événement de la
veille, et il ajouta :

— Où est le courtisan qui oserait se flat-

ter d'entrer dans sa bière, la tête sur ses
épaules, ou le cou sans une marque infâme ? Pour moi, qui suis resté catholique, je me défendrais des bonnes grâces
de Henry VIII comme de l'excommunica-
tion du Saint Père; ses faveurs préparent
de la besogne au bourreau.

—Peut-être que, bien conseillé, proféra
lady Latimer, il deviendrait bon et miséricordieux.

M. Kyme secoua la tête en signe d'incrédulité.

— Comme si l'on menait Henry VIII,
comme si les nobles conseils et les nobles
attachements lui ont jamais manqué !
Oubliez-vous sir Thomas More? Il avait
un savoir profond, une vertu des vieux
temps, une probité sévère et inattaquable,

un noble attachement pour la personne et la dignité du roi ; fut-il épargné? Jamais sujet plus fidèle ne subit un plus lâche traitement. Ce ne fut pas assez de le perdre, on tenta de l'avilir (1). Tous les moyens les plus bas furent mis en œuvre pour le dégoûter et lasser son courage. Thomas More n'était pas encore chancelier, que Henry le visitait familièrement dans sa petite maison de Chelsea ; l'entretenait à cœur ouvert, le bras affectueusement passé sous le sien, et prenait place à sa modeste table. Plus tard il fut son assassin.

Lady Latimer allait parler lorsqu'Anna la prévint.

— Sir Thomas More mettait dans ses

(1) Sir Thomas More fut accusé d'avoir écrit des libelles, de s'être laissé corrompre par des présents. Il réfuta les accusateurs avec une malicieuse gaieté.

rapports avec Henry VIII une humilité
trop grande. Que ne disait-il franchement
ce qu'il croyait être la vérité? Pourquoi
cette réserve timide? pourquoi ces déguisements peureux, je dirais presque ignobles, si le mot ne devait pas vous offenser?
Était-ce à lui de composer avec sa conscience pour disputer quelques jours à la
mort? Je ne le comprends pas.

— Osez-vous bien contester à ce martyr de la foi son mérite suprême? s'écria
M. Kyme indigné. Quand les hommes les
plus fermes de l'Angleterre subissaient les
caprices furieux de Henry, et mettaient
leur renommée à ses pieds, Thomas More
lui résistait.

— Avec des précautions infinies, vous
ne le nierez pas. Henry veut-il séduire le

chancelier? veut-il l'engager à un acte
coupable? ce dernier se prosterne et lui
demande grâce pour ses convictions. Pourtant il le connaissait bien, lui qui disait à
son gendre Roper : « Si ma tête pouvait
faire gagner au roi un seul château en
France, il n'hésiterait pas à la faire tomber. » Cette conviction est affreuse.

M. Kyme fit un geste de dédain.

— Vous l'estimeriez grand s'il avait été
fou, s'il avait couru au-devant d'une mort
qu'en sa qualité de père, d'homme savant
et utile, il avait bien des raisons pour évi-
ter. C'est pitié de vous voir confondre la
prudence avec la pusillanimité. La vie était
pour sir Thomas More un don tellement
beau, qu'il avait bien le droit d'y tenir fortement. Ce n'est pas lui qui a approuvé les

amours impudiques du maître avec Anne de
Boleyn et son usurpation impie des droits
du saint-siége; le silence de Thomas More
ou ses représentations courageuses ont
toujours donné un grand exemple à l'Angleterre. Et les paroles sublimes qu'il dit à
sa femme, vous n'en tenez nul compte (1).
Quand une fois il eut accepté la mort, ce
fut de cœur, ce fut avec une inexprimable
énergie.

— Pour moi, répliqua la jeune femme,
je n'aurais pas mis comme lui *ma pauvre*

---

(1) — Voyons, dame Alice, dit Thomas More à sa femme,
qui le conjurait de prêter serment au roi, combien me don-
nez-vous d'années à vivre et à jouir encore de Chelsea.—Vingt
ans, dit-elle.— En vérité, reprit-il, si c'était mille, il y aurait
à y regarder; et encore serait-ce un mauvais marché que de
perdre l'éternité pour mille années; mais combien pire serait
le marché, s'il est vrai que nous ne sommes pas sûrs d'un
jour.

Hommes illustres de la Renaissance. D. NISARD.

honnêteté aux pieds gracieux de Sa Majesté; et, à la place de Henry VIII, je n'aurais vu dans ces paroles qu'un sarcasme sanglant. Fallait-il donc tant de façons pour mourir ?

Un rire amer éclata sur les lèvres de M. Kyme.

— Sur ma foi! madame, votre langue est brave jusqu'à l'audace; je doute que votre cœur le fût au même degré. Heureusement que vous n'êtes pas appelée à soutenir ces beaux propos de femme.

— Crois-tu que je faillirais, Catherine? demanda la jeune résolue à lady Latimer.

— Non, répondit celle-ci; mais que Dieu t'épargne de semblables épreuves! Puisses-

I.   9

tu, pour ton bonheur et pour la satisfaction de tes amis, rester à jamais étrangère
aux dangers de la cour! C'est une mer où
il n'est pas bon de voguer sans pilote et
sans étoiles : bien des écueils y ont été si-
gnalés, bien d'autres y sont encore incon-
nus. Tu as une promptitude de mouvement,
Anna, qui te nuirait bien vite.

— Je rirais presque du sérieux que tu
affectes; la terrible majesté de Henry VIII
m'est inconnue, et je ne me soucie guère
qu'il en soit autrement; ma curiosité se
porte vers de plus hauts objets.

— Eh ! dit M. Kyme, cette curiosité
n'est autre chose que de l'orgueil. Vous
avez de la science plus qu'il ne convient
à une femme et à une chrétienne. En pos-
sèdez-vous mieux l'œuvre infinie de Dieu?

Y a-t-il en vous plus de sagesse et de contentement que dans l'être qui ne marque
sa vie que par la soumission ? Ma mère
était une femme simple de cœur, mais
riche de ces qualités solides qui répan-
dent l'ordre, la paix et l'abondance dans
les maisons où elles règnent. Étrangère à
toutes les vanités du langage, elle mit sa
gloire à pratiquer les vertus de religion et
de famille. L'amour de son mari était sa
beauté, sa joie, sa renommée. Elle prisait
la *Bible* et l'*Évangile* au-dessus de tous
les livres. Là elle trouvait des forces contre le malheur et une humilité qui la dé-
fendait des tentations mondaines. Sans
cesse occupée à tenir l'aiguille et le fuseau,
à diriger ses femmes, elle mettait sous
mes yeux les princesses du divin Homère
et les dames de l'ancienne Rome dans toute
la naïveté de leurs mœurs. La grande ta-

pisserie de la chambre, Anna, c'est ma
mère qui l'a brodée; tout le linge de lit
et de table, c'est elle qui l'a fait tisser et
qui l'a cousu; et vous savez si les armoires
en sont remplies. Les heures vides et en-
nuyées lui étaient inconnues; c'est par le
travail que la femme se maintient chaste.
Comme vous, ajouta M. Kyme avec douceur, elle donnait des soins aux vieillards
et aux petits enfants pauvres. Quand vint
son moment suprême, elle ne sentit pas
l'aiguillon de la mort. Le sourire d'une
sainte ornait encore ses lèvres, que déjà
elle n'était plus.

— Il y a dans ces souvenirs une intention de reproche, répondit Anna sans
amertume, mais d'une voix pénétrée. Je
regrette fort de ne pas être selon votre
désir. A mon sens, l'intelligence ne doit

pas rester oisive: elle est destinée à comprendre toute chose, comme le cœur à aimer. Dieu n'a rien fait d'inutile.

— Et quelles sont vos merveilleuses découvertes? Qu'avez-vous appris qu'on ne sût déjà, et bien avant que ce fût une habitude d'y attacher de l'importance? L'herbe des champs en sait presque autant que vous sur sa formation.

— Vous voilà bien pressé, répondit gaiement la jeune femme. A peine commencé-je mes investigations, que déjà vous me demandez un compte sévère. Je ne sais rien encore ; mais je saurai plus tard. Un concile, tenu en France, nous a presque refusé une âme, à nous, femmes ; je tiens à prouver que nous en avons une.

— Entendez-vous cette folle? dit M. Kyme

à lady Latimer ; la voilà qui prétend laisser loin tous les sages du passé. Donnez-lui du temps, elle vous expliquera la terre et les grandeurs du monde inconnu. Encore quelques études, elle vous niera le péché originel. Il y a un livre, jeune femme, qui mettrait dans votre esprit des idées plus justes que tous les livres de la science moderne : c'est la *Bible*. Vous le lisez, je le sais; mais vous le lisez avec des dispositions superbes. Où il faudrait la croyance humble, absolue, vous appliquez la subtilité et l'audace du raisonnement. Le moine hérétique qui a divisé le monde chrétien et fait à l'Eglise une blessure si profonde, a commencé comme vous. Je ne pense pas que vous vouliez augmenter sa race d'excommuniés.

— C'est un homme que je voudrais con-

naître, dit lady Latimer. On ne saurait
parler de lui avec dédain sans une grande
injustice.

— Vous n'y pensez pas, Mylady; Luther
n'est qu'un fourbe insolent et effronté, un
propagateur de mensonges, un suppôt du
diable, qui, d'ailleurs, lui a toujours tenu
fidèle compagnie et qui lui a fait d'horribles peurs. Oh! ne vantez pas ce damné,
l'enfer seul peut applaudir à son œuvre.
Otez cet infâme du siècle, et l'Allemagne
et l'Angleterre seront encore soumises à la
sainte infaillibilité du pape; et Henry VIII
ne vous aura pas donné le scandale de ses
paillardises, de ses assassinats et de sa plate
sensualité. Connaissez-vous la femme de
savoir prodigieux qui eut tous les revenus
d'un couvent parce qu'elle avait fait du

boudin exquis à ce glouton royal (1)? Encore si elle avait trouvé le moyen d'em-
pêcher l'être divin de grossir. On dit qu'il
est énorme maintenant et que cela va jusqu'à la monstruosité. Le sénat de la Rome
de Domitien délibéra un jour pour savoir
à quelle sauce on servirait un turbot sur
la table de l'empereur; je ne désespère pas
de voir le parlement anglais s'occuper d'in·
térèts aussi solennels.

— Monsieur Kyme, dit lady Latimer, je
ne saurais, sans encourir mon propre
blâme, souffrir plus long-temps que Sa
Majesté soit traitée dans ma maison avec
irrévérence.

Anna, d'une voix grave et d'un petit
air hypocrite, sembla d'abord développer
la pensée de son amie.

(1) Fuller.

—Le Très-Haut tient dans sa main le cœur des rois, il est leur juge naturel. N'est-ce pas cela que tu aurais voulu exprimer? Ah! chère! que cet oubli de toute dignité rappelle bien la cour! Elle a vraiment sa langue à part; et cette langue est parfois adulatrice et menteuse au-delà de toute croyance; elle en devient stupide. Ne te courrouce pas, Catherine, mais écoute-moi avec un peu de patience. Que dis-tu d'Anne Boleyn, marchant innocente à l'é-chafaud où l'envoyait le caprice adultère de Henry VIII, et appelant cet époux bourreau, le *plus Clément et le plus doux des princes?* Que dis-tu encore du vicaire général Thomas Cromwel s'intitulant, de la Tour de Londres, *le pauvre esclave* de Henry (1)? Nous autres qui avons une rude

(1) Thomas Cromwell, sous le coup d'accusations capitales, écrivit à Henry VIII une lettre suppliante, qu'il terminait par

loyauté, qui ne mettons pas le bon goût
dans de lâches et imbéciles mensonges,
nous trouvons cela risible autant qu'infâme, nous nous soulevons contre ce
fanatisme d'ignobles adulations. C'était
bien le moment de flatter, vraiment! Pour
vous, les rois sont les dieux de la terre;
vous ne vous présentez à eux que le front
prosterné. Mais vois-tu, Catherine, quand
ils seront vraiment à la hauteur de leur
fortune, ils repousseront loin d'eux cette
servilité qui les proclame sans élévation
et sans bon sens. Vous avez transporté
l'Orient dans la vieille Angleterre. Le respect pour soi-même, la conscience de sa
propre valeur, n'est plus qu'une tradition
de rebelle. Autrefois les hommes de noble
race étaient les compagnons des rois,

ces lignes: «Magnanime prince, j'implore de vous miséricorde,
miséricorde, miséricorde!» Il périt sur l'échafaud en 1540.

maintenant ils ne sont que des débauchés ou des valets bien souples. Ce n'est pas eux que la civilisation a grandis.

— Tu n'es qu'une sauvage, dit lady Latimer, dont le front portait des traces de mécontentement. Quitte un peu tes marais et tes forêts du Lincolnshire et viens habiter une région humaine ; alors tu ne verras plus la bassesse dans des formes de respect introduites par l'usage, et qui n'ôtent rien à la probité du caractère et à la générosité de l'âme. On peut être courtisan et avoir de hauts mérites. Tu ne places pas la distinction vraie dans quelques paroles sans valeur, dans des choses toutes de convention.

— Eh bien, Catherine, c'est se moquer de soi et des autres que de parler une langue à laquelle on n'attache pas de sens.

Quoi qu'il en soit, je dois avouer que je
ne me sentirais pas à l'aise dans cette cour.
Tous ces meurtres de femmes me donne-
neraient l'envie de parler. Dis-moi, comment est la nouvelle reine, Catherine Howard? On en parle beaucoup.

— Charmante de visage. On n'a rien vu
de plus naïf et de plus gracieux. Elle sera
d'ailleurs aussi inutile que les autres.

— Que veux-tu dire?

— Ce que tu devrais penser aussi. Est-
il une seule de ces femmes qui ait usé de
son influence pour adoucir l'humeur du
roi? Catherine d'Aragon ne rêvait que l'a-
mour, et toutes les autres n'ont voulu
que plaire et s'étaler en reines. Les misères du pays sont oubliées.

Une pluie d'orage, survenue tout-à-coup,

força lady Latimer et ses hôtes à se réfugier dans la maison. M. Kyme reprit la conversation où Catherine l'avait laissée au départ.

— Et vous dites, Mylady, interrogeat-il avec l'accent du doute, qu'une femme pourrait apprivoiser le monstre? Ce serait là un grand miracle, et il pourrait-être célébré comme la conservation de Daniel dans la fosse aux lions.

— C'est ma ferme conviction, répondit Catherine.

Elle n'avait pas achevé, qu'un beau chien accourut vers elle, et témoigna par ses caresses une connaissance tout amicale.

—· Titania, Titania, répétait lady Latimer en passant sa main blanche sur la tête et le cou de la douce créature.

III.

Un Mari au seizième siècle.

> Que chacun de vous aime sa femme comme lui-même, et que la femme craigne et respecte son mari.
>
> *Saint Paul.*

> Le chrétien n'est ni prince, ni homme, ni femme, ni aucune personne de ce monde. *Luther.*

Des pas rapides se firent entendre. Catherine rougit légèrement et s'agita sur le fauteuil d'ébène où elle était assise. Tout aussitôt un homme jeune, mis avec une richesse exquise et dont les manières

avaient une bonne grâce et une supériorité naturelles, entra dans la galerie où
elle se trouvait en compagnie de ses hôtes.
La vue des étrangers lui causa d'abord
une contrariété visible, mais il la réprima
avec une promptitude assez habile pour
qu'on lui en sût gré. Ce ne fut pas sans
altération dans la voix que lady Latimer
le présenta à Anna sous le nom de sir
Thomas Seymour, frère de la reine Jane,
troisième femme de Henry VIII. M. Kyme
regarda le nouveau venu avec l'attention
qu'il eût donnée à une hyène d'Afrique.
Puis, voulant affecter un dédain complet
des beaux usages, il se renversa sur le dos-
sier de sa chaise, et étendit ses jambes déme-
surément. Cependant l'aisance et le bon
goût, dont toute la personne du courtisan
était l'expression, se produisirent avec un
succès égal dans la moindre de ses pa-

roles; il ne dit rien qui ne semblât mériter
d'être retenu. Lady Latimer avait en l'é-
coutant un air d'émotion heureuse. Souvent elle accompagnait le dire spirituel et
animé du grand seigneur d'un gracieux
mouvement de tête. Catherine aimait sir
Seymour, voilà ce qui frappa bien vite
Anna. Dans son affection pour son amie,
elle examina cet être choisi. Il ne lui fallut qu'une pénétration à peu près désin-
téressée pour découvrir en lui les indices
d'un orgueil excessif et d'une volonté opi-
niâtre et courageuse. Ce dernier trait de
caractère plut à la jeune femme. Tant de
courtoisie se mêlait d'ailleurs aux défauts
du courtisan, qu'on se sentait invin-
ciblement entraîné vers lui. M. Kyme
échappa pourtant à cette séduction. Sans
qu'il se l'avouât, il se sentait blessé de la
distinction éclatante de cet homme, bien

qu'il n'eût rien à démêler avec lui. Plusieurs fois il essaya de le contredire; et
toujours une défaite humilia ses préten-
tions et augmenta son humeur. Ayant surpris les yeux d'Anna qui allaient du courtisan à lui, il sentit la colère agiter son sein;
et comme sir Seymour s'était levé pour
voir un tableau avec lady Latimer,
M. Kyme dit à la coupable :

— N'est-il pas honteux à une femme
chaste d'oublier la modestie au point de
fatiguer un étranger de ses regards? Où
est donc votre mépris pour un luxe niais?
Est-ce un homme de forte pensée, celui qui
se pare de plumes, de soie et de broderies;
qui se parfume comme une courtisane?
Avez-vous vu les diamants qui brillent à
ses doigts?

—Tout le monde, répondit Anna, n'est

pas destiné à remuer la terre et à engrais-
ser du bétail.

— C'est bien, proféra M. Kyme avec une
sécheresse remarquable. Un beau parleur
amoureux de lui-même a toujours gain de
cause auprès des femmes; et tout homme
qui n'est pas un fat ou un libertin leur
semble un rustre.

— Où prenez-vous ces étranges idées?

— Soyez moins curieuse, Anna; la curiosité d'une femme a engendré le mal et
perdu l'humanité.

Sir Thomas Seymour ouvrait en ce moment un livre posé sur une petite table.

— Pétrarque! s'écria-t-il; ô mon divin
poëte!

Il revint s'asseoir, Catherine reprit également sa place; et sir Seymour, après avoir feuilleté le livre quelques minutes, lut avec une expression brûlante et profonde ces vers du chantre d'Arezzo :

> Pace non trovo e non ho da far guerra,
> E temo, e spero, ed' ardo, e son un ghiaccio,
> E volo sopra'l cielo, e giaccio in terra
> E nulla stringo, e tutto il mondo abbraccio (1).

— Délicieux! s'écria Anna.

Sir Thomas Seymour dit quelques autres vers de mémoire. L'application des suivants était facile à faire :

> Qui disce una parola e qui sorrise
> Qui cangio'l viso. In questi pensier, lasso!
> Notti e dì tiemmi il signor nostro amore (2).

(1) La paix me fuit, et je n'ai point de sujet de guerre. Je tremble, j'espère, je brûle, je suis tout de glace. Je vole au-delà des cieux, et je rampe sur la terre. J'embrasse l'Univers et mes bras restent vides.

(2) Là elle dit une parole, là elle sourit, là elle changea de visage. En ces pensers, hélas! nuit et jour me tient notre seigneur l'Amour.

Lady Latimer avait baissé les yeux. Son sein gracieusement agité, le doux bruit de sa respiration, ce qu'il y avait de tendresse et de charmant embarras sur son visage, révélaient mieux que toutes les paroles le secret de son âme. Les yeux de Seymour et de Catherine se rencontrèrent, et leur langage fut expressif : ils se dirent toutes les choses du cœur. Effrayée de cet oubli, Catherine se tourna vers M. Kyme et lui demanda lequel des deux poëtes, Pétrarque ou Dante, il préférait.

— C'est Dante, répondit-il, parce qu'il sait dire autre chose que le nom et la beauté de Béatrix. Quant à Pétrarque, il a le don de m'ennuyer. Oui, Mylady, je parle sérieusement. En tout j'aime le vrai, et je ne le trouve pas dans des fadeurs outrées. Demandez à tout homme qui a

conservé sa raison, s'il pourra aimer une
femme vingt ans sans autre intérêt que
celui de la chanter. Nous ne sommes pas
tout esprit.

— Il y a tant de suavité dans sa poésie!

— Moi je ne trouve en lui qu'un arran-
geur de beaux mots et de beaux sons, un
dupeur d'oreilles. Il me semble voir cet
amant, dévoré par sa flamme, répudier
toute expression qui n'est pas d'une déli-
catesse exquise, se réciter complaisamment
ses vers et les écouter avec des sourires
épris. Vous avez des yeux brillants, Mylady; mais si je vous disais qu'*ils obscur-
cissent le jour et éclairent la nuit*, vous
vous moqueriez de moi, et vous auriez
cent fois raison.

— Je dirais que vous parlez en poëte,

monsieur Kyme; mais je vous proteste
que je ne me moquerais pas de vous.

— Cela ne prouverait guère en faveur
de votre jugement. Je comprends Ana-
créon, Properce, Tibulle, bien que je ne
les estime guère, mais je n'ai que dédain
pour les subtilités molles et laborieusement cherchées du poëte d'Arezzo. C'est
bien l'homme qui passait des heures devant un miroir à disposer ses cheveux avec
goût; qui frissonnait et se pâmait de douleur, si l'ombre la plus légère ternissait
l'éclat de ses purs vêtements blancs, et
qui promenait sa parure et son visage de
femme pour les faire admirer. Jamais ce
petit damoiseau n'aurait pu rêver une page
de l'*Enfer*. Oh! Dante, avec sa face verte
et sa grande colère, laisse bien loin tous
ces faiseurs de sentiment. Il avait mieux à

faire, lui, que de séduire les femmes par un joli babil et des douleurs coquettes; il avait à écraser les lâches. Sa poésie est puissante comme sa nature, sombre et passionnée comme sa vie. Dante avait du génie; Pétrarque n'eut que de l'esprit. En ce moment M. Kyme rencontra un sourire hautain de sir Seymour; sa parole s'arma de plus d'âpreté encore.

— Que devient ton luth? demanda avec intention lady Latimer à Anna.

— Comme la harpe des Hébreux, répondit la jeune femme, il reste suspendu aux saules de Babylone.

— Tu en tirais pourtant de belles harmonies.

— Rebecca allait puiser de l'eau; Nausicaa lavait ses robes; Lucrèce filait du

lin ; c'étaient cependant de grandes et
riches dames ; et moi je ne suis qu'une
pauvre campagnarde, bonne tout au plus
à garder les moutons ; c'est , du moins ,
ajouta-t-elle avec un sourire malicieux ,
à peu près la pensée de M. Kyme et la
mienne.

— Ne t'ennuies-tu jamais ?

Le mari prévint brusquement la réponse
d'Anna :

— Une femme religieuse ne connaît pas
l'ennui, Mylady.

Anna fit un petit signe à lady Latimer
pour démentir cette assertion. Un soupir
de Catherine prouva qu'elle l'avait comprise. La jeune femme dit tout haut :

— Nos cerisiers et nos poiriers sont

couverts de fleurs, nos troupeaux sont
gras, nos terres dans le meilleur état, nos
paysans soumis; nous emportons d'ici de
la graine de laitue; nous avons vu Londres; ce qui nous donnera la suprématie
sur tous nos voisins : le moyen de connaître
l'ennui au milieu de tant de prospérités!

— Avec plus de gravité dans certaines
de vos idées, remarqua M. Kyme parlant
à sa femme, vous seriez mieux selon l'Écriture.

— Selon saint Paul, vous voulez dire.

— Et quand je m'appuierais de saint
Paul, en effet? profera impérieusement
M. Kyme.

— D'une certaine Épître aux Éphésiens,
par exemple, se hâta d'ajouter Anna. Oh!
ne le vantez pas! je ne vois en lui qu'un

homme très vain de sa force, très jaloux
de sa souveraineté brutale; ne se souciant
pas d'être aimé, mais voulant être craint.
Si j'avais été la femme de cet apôtre, fort
hostile à nos droits, j'aurais fait ma joie
de le désespérer.

— Je ne suis pas saint Paul, et vous
agissez très souvent comme si je l'étais.

— Eh! ne vous faites pas le zélateur de
l'erreur! Cet homme n'avait pas entière-
ment brisé avec sa religion toute matérielle;
il se souvenait trop que la femme y avait
un rôle abject ou bien nul. Saint Paul n'é-
tait qu'un demi-chrétien.

— Saint Paul, répliqua M. Kyme, avait
conscience de l'excellence de sa nature.
La chevalerie a gâté les femmes et leur a
donné une foule d'idées fausses. Nous
n'avons pas reçu un corps robuste, une

àme hardie et façonnée au commandement, pour les amollir dans le commerce
de créatures faibles et peureuses.

—L'avez-vous trouvée faible et peureuse
cette femme que vous avez vue mourir il
y a deux jours?

— C'est une exception.

— Voilà bien votre justice. Je n'ai rien
à dire, sinon que le christianisme nous a
relevées de la loi d'avilissement et de malheur qui pesait sur notre vie. Nous ne
sommes plus la chose de l'homme; nous
sommes sa mère, sa sœur, sa femme ou
sa fille; comme lui, nous revendiquons
notre part de l'héritage éternel. Cette
grande voix, étouffée d'abord par la cla-
meur de la foule, et égarée dans l'espace,
ne fut recueillie que par des âmes privilé-

giées; à mesure que les siècles passent
moins bruyants et moins vides d'idées,
elle est mieux entendue.

— Il y a plus d'orgueil que de vérité
dans votre prétention, Anna; vous êtes
la chair de notre chair, la substance de
notre substance, voilà tout.

—Nos égales, monsieur, dit sir Seymour
en regardant Catherine.

— Moi, répondit M. Kyme, je ne suis
pas intéressé à flatter les petites passions
de ma femme, je lui fais entendre franchement ce qui est.

— Et vous me supposez assez de grandeur ou d'humilité pour ne pas vous en
vouloir, remarqua la jolie raisonneuse.
Un homme, dont je vous tairai le nom, a
dit avec équité : « Le chrétien n'est ni

» prince, ni homme, ni femme, ni aucune
» personne de ce monde. »

— En échange des mensonges d'un hérétique, répliqua froidement M. Kyme, qui
avait reconnu Luther, je vous rappellerai
la parole de votre Dieu lui-même, peut-
être la respecterez-vous.

— Voyons, demanda l'audacieuse, bien
déterminée à ne pas crier merci avant
d'être vaincue.

Ce fut avec un sourire d'orgueil satisfait
que M. Kyme cita cette malédiction qu'on
trouve dans la Bible : *Vers ton mari sera
ton désir, et lui te dominera.* Il n'y a pas
d'obscurité, je pense.

— Je le pense comme vous ; mais est-ce
bien Dieu qui a tenu ce langage ? Le front
de la jeune femme s'était baissé rêveur,

elle le releva soudain lumineux et sévère.
Monsieur, dit-elle en regardant son mari,
j'ai du sublime auteur de l'univers une
idée plus belle et plus sainte que la vôtre.
Ce sont des hommes qui ont écrit la Bible
et qui l'ont écrite dans leur langue inin-
telligente et bornée. Ont-ils assez rapetissé
Dieu! Ne pouvant s'élever jusqu'à son immensité, ils l'ont mis à leur niveau. C'est
une audace bouffonne ; c'est quelque chose
d'inouï, de monstrueux et d'effréné! L'être
d'un moment abaissant l'Eternel dans la
poussière où il rampe! Peut-on pousser
l'ivresse de soi-même et le blasphème plus
loin? Non, Dieu n'a pas maudit sa créature; j'en atteste les espérances infinies
qui subsistent au fond des cœurs, j'en atteste les splendeurs du ciel, et les grâces
et les merveilles de cette terre ! Celui qui
prend soin de nouer la faible tige de l'épi

pour la défendre des orages; celui qui mesure le soleil, et la pluie et le vent à la
plante la plus humble; qui vêt et nourrit les
petits oiseaux dans la dure saison ; ce père
de tout ce qui a vie, ne sentit jamais le besoin d'une atroce vengeance. Si l'on veut
remonter aux temps de formation, on ou-
vre la *Genèse*, tradition consacrée par
les respects de la terre instruite. Eh bien !
à mesure qu'on la lit, une angoisse terrible se répand dans le cœur. D'un côté,
l'homme faisant le mal quand à peine il a
essayé des choses; de l'autre, un Dieu re-
doutant que l'homme, sa créature, ne devienne éternel et puissant comme lui (1)! Et

---

(1) Et il dit : Voilà Adam devenu comme l'un de nous, sachant le bien et le mal. Empêchons donc maintenant qu'il ne
porte la main à l'arbre de vie, qu'il ne prenne aussi de son
fruit; et qu'en en mangeant, il ne vive éternellement.

Traduction de Sacy.

Et il dit : Voici Adam devenu comme l'un de nous, sachant

ce Dieu n'est pas *unique*, d'autres Dieux sont avec lui. Ce n'est pas *Jehovah*, ce n'est pas *Adonaï*, c'est *Eloïm*; et Eloïm signifie les Dieux. La lettre tue et l'esprit vivifie. Où est l'esprit?

—Conclusion fort édifiante, dit M. Kyme qui s'était levé irrité et qui se promenait les mains derrière le dos. Quelque jour sa gracieuse majesté Henry VIII, instruite de votre rare savoir, prendra l'envie de conférer avec vous. Cet honneur insigne est quelquefois payé du martyre.

le bien et le mal; maintenant donc, craignons qu'il n'avance la main et ne prenne aussi à l'arbre de vi et qu'il n'en mange et ne vive éternellement.

Traduction de Genoude.

L'Eternel Dieu dit : Maintenant l'homme est comme l'un de nous, pour connaître le bien et le mal ; il pourrait étendre sa main, prendre même de l'arbre de vie, en manger et vivre éternellement.

Traduction de Cahen.

Mais qu'importe? on a eu la satisfaction de tenir tête à un roi.

— Et comment, demanda sir Seymour, expliquez-vous, madame, la tâche d'effort et de misère imposée à toute créature?

— Oui, dit Catherine, si tu renies le péché originel et la malédiction qui en fut la terrible conséquence!

M. Kyme s'arrêta involontairement.

— Ce qui s'accomplit ici-bas est un mystère pour moi comme pour tous, répondit Anna d'un ton grave. A quelle fin les sueurs de l'homme et ses travaux serviles, et ses luttes intérieures, et cette dégradation prompte et furieuse des passions, et cette dégradation lente mais inévitable des années? La puissance de la méditation et du temps dissipera-t-elle enfin toute incertitude? Sera-t-il donné à l'hom-

me de savoir un jour ce qu'il est et ce qu'il
doit être? Ou bien Dieu se réservera-t-il à
jamais l'intelligence de son œuvre? Je me
fais souvent ces questions.

—Il y a des milliers d'années qu'on veut
pénétrer le mystère, dit sir Seymour, et
qu'on le veut en vain. Avec un peu de sagesse, on s'en tiendrait à une tranquille
ignorance, on renoncerait à la poursuite
d'une vérité inutile et téméraire : ce que
l'homme doit savoir de la création, il le sait
sans doute; nulle autre révélation ne lui
en sera faite. Nous vivons dans des temps
bien troublés. Une inquiétude superbe agite
les esprits les plus élevés; on remet tout en
question; la foi n'est plus qu'un mot que
tous ont sur les lèvres, que bien peu ont
dans la conscience.

— C'est une révolte impie autant qu'absurde, remarqua M. Kyme ; et sans doute **votre** honneur est resté fidèle au vieux culte.

— Moi, monsieur, répliqua vivement sir Seymour, je ne connais que l'obéissance à mes maîtres, et tout Anglais devrait tenir le même langage.

— Tout Anglais au moins qui tient à mourir la tête sur son chevet ; j'entends. La manie du raisonnement s'est emparée de toutes les têtes. Nous avons un roi théologien, le pays tout entier s'est fait théologien. Depuis le *Suprême chef de l'Eglise d'Angleterre* (1) jusqu'au brasseur d'ale et au gardeur de pourceaux, tous s'érigent

(1) Titre que prenait Henry VIII depuis sa rupture avec le pape.

en docteurs et prononcent emphatique-
ment sur ce qu'il faut croire ou rejeter. Si
l'on continue, les nourrices berceront les
enfants avec des thèses religieuses. Pitié!
pitié! Ce matin encore, sans la sotte prière
de madame, je caressais les épaules d'un
valet d'auberge qui chantait à pleine gorge
un couplet infâme contre Sa Sainteté. Vous
me regardez, Mylady; mais je me flatte de
ne pas trouver de traîtres dans votre
maison.

— Et vous avez raison, répondit gracieusement lady Latimer. Seulement, monsieur
Kyme, je vous engagerais à une retenue
sévère dans vos paroles. Sa Grâce, vous
le savez, n'aime pas qu'on apporte le doute
ou la négation dans les choses qu'elle a
jugées elle-même.

— Je vous remercie de l'avis, Mylady;

dans tout autre lieu je sais garder le silence et m'entourer de précautions.

— Et ce valet que vous vouliez battre;
était-ce prudent?

— Bon ! Savait-il pourquoi?

—Monsieur Kyme, le soupçon plane partout, et partout il y a des oreilles curieuses
et des bouches qui ne restent pas closes.

— C'est-à-dire, Mylady, que la délation
est partout. Ah! misérable pays ! que ne
gardais-tu la religion de tes pères! Anna,
ajouta-t-il vivement, venez un peu voir les
curiosités de Londres, et restons - y le
moins possible; c'est un sol qui dévore ses
enfants et que je vois toujours béant et
affamé. Il résonne vide sous les pieds.

Lady Latimer, restée seule avec sir Sey-

mour, fit quelques réflexions mélancoliques sur le sort d'Anna qu'elle plaignait
sincèrement. Insensiblement l'entretien
devint personnel et tendre. Sir Seymour,
aux genoux de Catherine, en obtint un
doux aveu.

IV.

La Reine.

Quand sur tes traits charmants j'arrête ma pensée,
Tous mes traits sont empreints de crainte et de bonheur ;
J'ai froid dans mes cheveux, ma vie est oppressée,
Et ton nom tout-à-coup s'échappe de mon cœur.

Madame Desbordes-Valmore.

Oublions! oublions! Quand la jeunesse est morte,
Laissons-nous emporter par le vent qui l'emporte
A l'horizon obscur.

Victor Hugo.

A quatre ans de cette scène, lady Latimer, devenue reine d'Angleterre par
son mariage avec Henry VIII, s'agitait
seule et triste dans sa chambre toute res-
plendissante de soie, d'or et de glaces.

Une tenture de velours grenat, autour de
laquelle se déroulait une riche broderie
en or, couvrait les murs lambrissés de
bois rare. Des rideaux, parfaitement semblables à la tapisserie, tombaient en longs
plis devant les fenêtres. Sur la vaste cheminée de marbre, brillaient des candéla-
bres de l'or le plus pur, et ciselés avec un
art merveilleux. Partout des meubles d'é-
bène admirablement sculptés, dont la
teinte sombre et unie était relevée par des
ornements en or. Des coussins de velours
grenat avec une broderie plus délicate,
mais de même dessin que celle de la tenture, et dont les coins avaient des nœuds
de perles, garnissaient les chaises et les
fauteuils. Çà et là un clavecin, un luth
d'ivoire, des métiers à broder, qui témoi-
gnaient par l'ouvrage avancé que la reine

ne restait pas oisive. La *Bible* traduite en anglais, l'*Erudition du chrétien*, livre dont Henry VIII était l'auteur, et qu'il avait imposé à tout le royaume, comme renfermant la doctrine vraie; un volume de *saint Thomas d'Aquin*, la *Cité de Dieu* de saint Augustin, étaient épars sur une table d'ébène à pieds de griffons dorés, aux quatre angles de laquelle se détachaient des têtes mauresques. Un tapis, aux vives et harmonieuses nuances, qui représentait quelques scènes de l'*Iliade*, couvrait le plancher.

La haute élévation de Catherine ne lui avait donné qu'amertumes. Elle s'assit près de son luth et ses doigts firent vibrer quelques cordes. Les sons en étaient tristes. Ses mains tombèrent sur ses genoux,

son regard devint fixe et vague; elle se re-
porta à des temps moins splendides, mais
bien doux, mais riches d'espérances. Puis,
sans qu'elle le voulût, des souvenirs ora-
geux l'occupèrent; la destinée des cinq autres épouses de Henry vint importuner sa
mémoire et effrayer son cœur. Catherine
d'Aragon, après vingt ans d'un mariage
béni de Dieu, elle qui avait donné cinq
enfants au roi, finit ses jours séparée de
sa fille, pauvre souvent jusqu'à se prendre
elle-même en compassion, et reléguée
dans une demeure solitaire. Les joies
étourdies d'Anne Boleyn et ses rêves orgueilleux aboutirent à l'échafaud. Anne
avait fait éclater une joie indécente le jour
de la mort de Catherine d'Aragon, elle
s'était parée comme pour une belle fête,
Henry ne l'oublia pas. A l'heure où la seconde épouse disgraciée mettait sa tête

sous la hache, le roi se montrait vêtu de
blanc et voluptueusement épris de Jane
Seymour qu'il épousa le lendemain.

Catherine se leva; et après avoir fait
quelques pas dans sa chambre, elle s'arrêta devant sa couche fastueuse. Son trouble s'augmenta de cette contemplation.
Elle secoua la tête, et se dit, non sans un
rire sombre :

— Dans ce lit la jeune et belle Jane
Seymour fit un adieu prompt à sa brillante existence ; quelques mois, ce fut assez. Anne de Clèves n'y entra qu'une nuit.
A cet affront secret, Henry ajouta l'affront
public du divorce. Un an avant moi, Catherine Howard, dans sa fleur de beauté
naïve et enjouée, s'y enivra de beaux mensonges. Comme Anne, mais avec moins de
grandeur et de force, elle tendit son cou

au bourreau.... La Tour de Londres les a
vues périr toutes les deux, Anne sur le frais
gazon, Catherine sur l'esplanade. Le peuple dit qu'il entend leurs soupirs.... Que
réserve Henry à Catherine Parr ? l'estime,
l'affection sérieuse, inaltérable. Je n'ai pas
de frère qui s'appuie sur mon lit (1), qui
m'expose à être entachée d'inceste ; je ne
suis pas une femme infidèle ; on ne peut
pas nommer mes amants et m'accuser d'a-
voir trahi la modestie de mon sexe. En ce
moment ses yeux, qu'elle avait levés avec
une fière assurance, s'arrêtèrent sur un
portrait de Jane Seymour peint par Hol-
bein. Un tremblement singulier agita soudain la reine ; elle fut obligée de s'appuyer
contre une des colonnes du lit, et son vi-

(1) Le vicomte de Rochefort fut aperçu négligemment appuyé sur le lit d'Anne Boleyn, sa sœur, alors femme de
Henry VIII. Plus tard on en tira une conclusion infâme.

sage devint pâle. De nouveau la ravissante
image attira son attention, et la pensée
de Seymour l'occupa tout entière.

— Elle lui ressemble, murmura Catherine. Voilà bien son air quand il était auprès de moi, et qu'une pensée heureuse
animait son cœur. Il me regardait plus
tendrement encore... Ce bonheur a peu
duré.... Femme de Henry VIII, proféra-t-
elle d'une voix sourde, et je l'ai voulu !...
Les heures sonnèrent à l'horloge du palais. Cathèrine avait tressailli au premier
son. Toujours il me semble que c'est le
roi. Je l'entends, je le vois partout et je le
redoute! Mon Dieu! que vous ai-je fait
pour m'imposer une telle misère! Avoir
peur de l'homme auquel on a donné sa
foi, c'est affreux.... Ses yeux allèrent encore chercher le portrait de Jane. Je faisais

mon délice de l'espérer, lui. La joie de mon
cœur me l'annonçait bien avant qu'il parût.
Quand il entrait, ma maison me semblait
plus belle et mieux éclairée; il y avait plus
d'air, plus de vie, plus de bonheur autour
de moi. En son absence, je me sentais
inquiète et comme accablée d'une foule
de choses à lui dire; quand je le voyais,
je ne pouvais penser qu'à lui, j'oubliais
tout ce qui n'était pas lui. Le soir, je m'en-
dormais avec son souvenir; il me suivait
dans les illusions de la nuit, et le matin à
mon réveil, je le retrouvais plus enivrant
et plus aimé.... Avec Henry VIII, l'effroi,
rien que l'effroi. Ma prière de tous les soirs
est sombre : je demande à Dieu que rien
ne me trahisse dans mon sommeil, que
jamais un nom cher ne s'échappe de mon
sein. Et chaque fois que Henry trouve une
femme belle, ce n'est pas la jalousie qui

me saisit, c'est l'horreur de l'échafaud. Il
est habile à vous composer une vie d'in-
famies ; Anne Boleyn l'a bien prouvé.
Les nouvelles amours de Henry amènent
toujours des scènes de scandales ou de
meurtres.

Epouvantée soudain de ses propres réflexions et de sa figure, qui venait de se
réfléchir toute décomposée dans une glace,
Catherine s'éloigna précipitamment et se
déclara bien imprudente. Ce fut dans son
oratoire qu'elle chercha un refuge contre
les faiblesses du souvenir; ce fut là qu'elle
demanda la soumission. Fortifiée par la
prière, elle revint dans sa chambre où elle
put recevoir la princesse Marie et la princesse Élisabeth.

Il lui était difficile de maintenir l'accord
entre ces deux rivales. Marie ne pouvait.

pardonner à la fille d'Anne Boleyn les
affronts versés à flots sur sa jeunesse.
N'avait-elle pas été forcée de reconnaître
par écrit que le mariage de sa mère Catherine d'Aragon était incestueux et illégiti-
me (1). N'était-ce pas, dans son opinion,
à la dissimulation d'Anne Boleyn, à sa
coquetterie adroite et ambitieuse, que la
première épouse de Henry VIII avait dû ses
horribles chagrins. Tout ce qu'il y avait de
mépris et d'aversion dans le cœur de Marie
jaillissait parfois de son œil en éclairs sombres et menaçants. Elle affectait envers Élisabeth des ·airs hautains, et ne lui parlait
presque jamais qu'avec une aigreur jalouse. Plus d'une allusion offensante pour
la mémoire d'Anne Boleyn se mêlait à ses
discours. Élisabeth feignait souvent de ne

(1) Burnet. — Catherine d'Aragon était veuve du prince
Arthur, frère de Henry VIII, quand elle épousa ce dernier.

pas comprendre Marie; mais quand il lui
devenait impossible de sauver sa fierté par
cette ruse, elle se montrait aussi impérieuse, aussi violente que son ennemie,
ou bien elle l'écrasait par un sarcasme
froid. En présence de la reine, toujours
patiente et affectueuse, les deux princesses
se maintenaient dans les bornes d'une
politesse étudiée, car elles la respectaient.
Ce jour-là, elles se laissèrent aller à leur
disposition naturelle. Le matin, Marie avait
vu conduire au bûcher un catholique,
avec un fagot attaché sur ses épaules. Elle
ne pouvait porter accusation contre son
père; son humeur, s'accroissant de cette
retenue, fit explosion devant la reine; et
ce fut pour cette dernière un profond
soulagement quand elle se retrouva seule.

— Ce palais est plein de trouble, dit-elle avec un triste sourire. Cette race des Tudors est comme la race des Atrides, elle ne vit que de haines.

On lui apporta une lettre, elle la lut et la baisa avec émotion. C'était Anna Kyme, qu'elle n'avait pas vue depuis sa triste élévation, et qui lui demandait une entrevue. La reine s'assit devant une petite table, et lui écrivit une lettre courte, mais tendre. Elle lui indiquait pour le lendemain une heure où Henry VIII devant être absent, elles auraient une liberté entière.

Ellesmère, une des femmes chéries de la reine, elle qui l'avait suivie de la maison du père dans la maison des deux époux, vint l'aider à faire une toilette pompeuse désirée par Henry.

— Suis-je changée ? demanda Catherine ; parle-moi sincèrement.

— Je vous trouve aussi belle que le jour
où vous entrâtes dans ce palais.

La reine soupira.

— C'était la vérité que je voulais savoir, rien autre.

— Votre grâce a pris un souci qui ne
lui est pas ordinaire.

— Anna vient demain. Je suis sûre
qu'elle me trouvera bien différente de ce
que j'étais; cette idée me tourmente.

.— Il y a tant de tristesse dans votre
vie! remarqua Ellesmère d'un ton où la
douleur se confondait avec le respect.

— Ma tristesse est celle de bien. des
femmes, Ellesmère; la vie est d'ailleurs

amère à tous; et les rois n'ont pas le droit
d'élever leur plainte plus haut que ceux
dont la condition est humble.

— Votre grâce met-elle des diamants
ou des perles?

— Diamants ou perles, cela m'est indifférent.

— Vous aimiez à choisir, un temps.

— Alors j'étais heureuse.

Ce cri de souffrance échappé à la souveraine, elle fit taire la compassion indiscrète d'Ellesmère par des ordres brefs et
rapides.

— Relevez ce cordon de diamants. —
— Donnez-moi un collier plus riche. —

Effacez le pli de cette manche.—Cette coif-
fure est trop lourde, il m'en faut une plus
légère, et qui laisse le front plus découvert. — Vous manquez de goût aujour-
d'hui, je ne sais ce que vous avez. Ellesmère se détourna pour cacher son chagrin. La reine reprit:

— Tu n'as pas oublié Anna, elle avait
un charmant visage.

— Oh ! dit Ellesmère, vous étiez bien
jolies toutes les deux quand vous couriez
sur l'herbe avec des fleurs des champs dans
vos cheveux, et les joues roses, et les
yeux brillants.

— Alors, nous ne savions rien.

— Vous écoutiez chanter les oiseaux, et
tout-à-coup vous chantiez avec eux, et
des airs bien plus beaux.

— La voix d'Anna est si pure !

— Vous souvenez-vous bien, madame, comme elle riait de bon cœur quand elle se déchirait les mains aux buissons, pour vous cueillir un bouquet d'aubépine ou de roses sauvages? Et vous la grondiez avec amitié.

— Oui, dit la reine, nous étions jeunes filles. Que d'enchantements nous placions dans l'avenir !

— Elle vous amena une sorcière un matin; et la prédiction de cette païenne la rendit triste tout un jour.

— Cette femme me dit que je serais reine. Anna s'effraya de notre séparation. Elle, si ferme, si moqueuse, pleura. Selon elle, Catherine Parr et Anna Askew (1)

(1) Prononcez Askue.

ne devaient pas vivre éloignées l'une de l'autre. Ne me dis plus rien, ces souvenirs me font mal.

Ellesmère acheva silencieusement la toilette de la souveraine.

— Comment se trouve votre Majesté?

— Bien, répondit Catherine en jetant un regard distrait dans la glace. Merci, ma bonne Ellesmère, tes soins me sont bien doux.

— Seule elle se reprit à adorer ses souvenirs : *j'aime!* Les sociétés ont fini, la science et la poésie se sont renouvelées bien des fois; et nul être, dans l'immensité des temps, n'a pu trouver un mot aussi vrai, aussi puissant, aussi vaste de sens, que ce mot commun à tous, et que tous savent dire : *j'aime!*

V.

Dieu seul.

Hommes, vous êtes si faibles, si souples, qu'une bonne institution ne dure
pas même le temps que mettent à croître
des glands aux chênes que vous avez
plantés (1).   *Dante.*

Semblable à l'idée de moi-même, celle
de Dieu est née et produite avec moi
dès lors que j'ai été créé. Et certes ! on
ne doit pas trouver étrange que Dieu en
me créant ait mis en moi cette idée pour
être comme la marque de l'ouvrier empreinte sur son ouvrage.
              Descartes.

Vers la deuxième heure de la journée
suivante, Ellesmère introduisit la jeune ha-
bitante du Lincolnshire dans cette chambre
de la veille, où l'attendait Catherine Parr.
Anna s'avança d'abord avec un empres-

(1) La carne de' mortali e tanto blanda
    Che giù non basta buon cominciamento,
    Dal nascer della quercia al far la ghianda.

sement heureux; puis, obéissant à l'usage,
elle se disposa à fléchir un genou devant
la reine d'Angleterre.

— Que fais-tu? s'écria l'épouse de Henry VIII, en lui tendant les bras et en
marchant au-devant d'elle, ne suis-je
plus Catherine ?

— Vous êtes ma souveraine.

— Viens, Anna.

— Oh! bien chère, lui dit cette dernière en l'embrassant, tu n'as pas changé!
Les deux femmes s'assirent; et une main
l'une dans l'autre, elles se regardèrent un
moment avec un doux plaisir et des sourires pleins de larmes.

— Que je t'aime! dit Anna toute ravie.
Un nouvel embrassement témoigna de leur
contentement intérieur ; puis le silence

vint à l'aide de leur émotion. La reine enfin questionna son amie : alors s'effacèrent les joies.

— Ton mari est-il venu avec toi, Anna ? Il détestait Londres.

— Non, répondit celle-ci ; M. Kyme ne m'est plus rien.

— Que veux-tu dire ? je ne comprends pas ta réponse.

— Nos destinées ont été bien différentes, amie ; je ne suis qu'une malheureuse! en proie aux outrages de l'homme auquel elle fut unie selon la chair et non selon l'esprit. M. Kyme m'a chassée de son lit et de sa maison. Toi, Catherine, tu règnes sur une grande nation et sur le cœur du plus impérieux et du plus redouté des monarques.

— Et tu n'es plus avec ton mari ? tu m'affliges, Anna ! Que s'est-il donc passé entre vous ?

— Ce qui se passe dans bien des maisons à cette époque d'intolérance. M. Kyme professe plus que jamais pour le catholicisme un zèle ardent et sombre ; moi, je suis très disposée à contester ce qu'il appelle des vérités éternellement établies, ce qu'il dit être la plus grande gloire de Dieu et le plus grand intérêt des hommes. Tous les jours la maison retentissait des exhortations fougueuses qu'il faisait à ceux qui vivaient de son pain ; moi je m'abstenais d'y assister : de là des querelles, des emportements, des violences de sa part et son insolente ironie. Tu sais comment François I⁻ᵉʳ a fait traiter en Provence une petite colonie d'hommes simples et bons, les Vaudois. J'ai jeté mon cri d'indignation.

M. Kyme m'a déclarée digne du feu ; Catherine, il faut entendre les détails de
cette extermination, c'est à faire blanchir
des têtes d'hommes. Les actes les plus féroces, les lâchetés les plus dégoûtantes ont
caractérisé cette œuvre de fanatisme. Ils
ont incendié les villages, égorgé les habitants; fait de la terre où fleurissaient
l'amandier et la vigne un aride désert : leur
brutale colère n'a rien épargné ; des femmes ont été brûlées dans une grange où
elles avaient cherché un refuge ; d'autres,
plus malheureuses, ont assouvi d'exécra-
bles besoins ; il y en a que l'horreur a tuées
violemment ; des mères ont avorté... Une
multitude d'êtres affamés erraient dans les
bois, sur les montagnes où ils vivaient
d'herbe; on les a traqués comme des bêtes
féroces, des hommes sont allés à la chasse
d'autres hommes ! De ces pauvres persécu-

tés, les uns ont péri par le fer; les autres,
dont la faim dévorait les entrailles, sont
morts enragés(1). Anna joignit les mains :
Ce n'est pas vous, mon Dieu, qui demandez
des sacrifices de sang ! Elle poursuivit avec
un calme solennel : Catherine, ma tête se·
rait sous la hache, que je m'élèverais encore et avec plus de force, s'il était possible, contre leur esprit atroce. Com-
prends-tu maintenant que cet homme
n'ait plus voulu de moi? Devais-je taire
mon épouvante et mon horreur? c'eût été
une lâcheté, et je ne suis pas lâche. Lui,
qui avait l'esprit étroit, il m'a chassée. Catherine, j'ai repris mon doux nom de fille,
celui que jamais je n'aurais dû quitter. Tu
revois en moi Anna Askew; mais les
beaux rêves ne me sont plus possibles,

(1) Bouche. De Thou.

on n'est pas jeune deux fois. Catherine, ajouta-t-elle avec une expression caressante, m'aimeras-tu moins parce que je suis honnie et malheureuse?

— Tu m'es plus chère que jamais, répondit la reine, ne le sais-tu pas?.... Et enfin qu'es-tu maintenant en matière de religion? demanda-t-elle bien bas. Ce n'est pas une question oiseuse. Il fut un temps où, dans ce pays, elle eût semblé folle; maintenant elle y est simple.

— Oui, répondit Anna, nous avons l'obligation à Luther d'avoir consacré la liberté de l'examen. Les erreurs acceptées par des générations moins instruites que nous ne font plus loi; elles ne nous sont plus imposées comme des révélations divines. On ne nous dit plus : Croyez cela, ou vous encourrez la damnation éternelle.

Catherine mit le doigt sur sa bouche.

— Plus bas, plus bas; ne prononce qu'avec précaution le nom de Luther; il est proscrit ici, bien qu'il y soit aimé. Cela dit, la reine approcha son fauteuil d'Anna.

— Peut-être, amie, pourrais-je le dire à l'oreille de Henry lui-même. Ne me regarde pas avec cet air étonné. Je n'ai pour Luther qu'une admiration fort ordinaire. Il pouvait faire beaucoup plus qu'il n'a fait; et, soit tendresse pour les vieilles croyances, soit timidité, il s'est mis à genoux devant l'édifice religieux dont il n'avait renversé que le faîte; et, de ses mains tremblantes, il a lui-même essayé d'en consolider les bases, bien usées pourtant. Pauvre effort! tentation risible et vaine! L'esprit du culte s'efface de toutes parts. Rome elle-même a cessé de croire. Et cet homme s'est flatté de relever en un jour ce que des siècles ont ruiné ! Vois-tu si le Christ eut ces puérils ménagements : il brisa la loi ancienne, et ne laissa rien subsister des mensonges si long-temps adorés par la foule.

— Quelle est donc enfin ta religion ? demanda la reine.

— Ce n'est pas la tienne, Catherine, ce n'est pas celle de Henry. Ma religion a commencé avec la création ; elle subsistera au-delà des mondes et des temps. Ma religion, c'est Dieu.

—Impie !

— C'est la seule vraie, Catherine, la seule invincible et sacrée. Que les races jeunes croient à l'existence des dogmes

adoptés par leurs instincts naïfs, on le con-
çoit facilement : elles n'ont point de passé ;
rien ne leur dit que ce qui est, doit jamais
cesser d'être ; mais pour nous, dont la mémoire est surchargée des désastres accom-
plis, la croyance aux dogmes n'est qu'un
entêtement de tradition. Tant de cultes,
naguère pompeux et triomphants, entraînés dans le mystérieux écoulement des
âges, voués à la curiosité inquiète des
hommes de la contemplation, annulés dans
l'indifférence des faibles et souillés par les
mépris des forts : voilà ce qui rend impossible toute autre religion que celle de
Dieu. Nous savons trop.

Anna avait élevé la voix. Encore une
fois la reine lui fit un signe de prudence.

— Que tu es peureuse, Catherine ! Ne
sommes-nous pas seules ?

— On n'est jamais seul ici pour tenir un tel langage. Toute parole hardie peut arriver au roi ; comment ? je ne saurais le dire. Mais dans ce palais, c'est à peine si la pensée est libre. Ce qu'on croyait bien caché est tout-à-coup étalé au grand jour, et met en danger votre honneur et votre vie. Allons dans un lieu plus écarté. J'aurais dû me méfier de toi. Pourvu que nulle autre oreille que la mienne n'ait recueilli tes épanchements téméraires....

La reine regarda autour d'elle. Prenant ensuite Anna par la main, elle la conduisit dans une pièce isolée, très vaste et très sourde. Là elles reprirent leur entretien.

— Et Jésus-Christ ? demanda Catherine.

— C'est un sage.

— Tu ne crois pas à sa divinité?

— Non.

— Je m'effraie de ton endurcissement. Mais, malheureuse! tu oublies dans quel état Jésus-Christ trouva le monde?

— Tu m'accuses à tort; je sais tout ce que l'humanité doit au fils de Marie.

— Des nations entières le proclament Dieu!

— Des nations entières ont eu pour dieux des fous, des débauchés cyniques et sans cœur. Socrate fut mis à mort pour les avoir niés; des milliers d'êtres courageux et honnêtes se virent sacrifiés à ces dieux devenus la risée de la foule elle-même. L'Orient croit à son prophète Mahomet et à sa religion bâtarde; veux-tu que j'y croie aussi? Veux-tu que les feuilles arrachées de l'Evangile et mêlées effrontément à d'ignobles impostures, soient pour moi les révélations d'en-haut (1)? Le *Koran*, dans ses beautés, n'est autre chose que le code chrétien en lambeaux. Et sans doute, la religion si laborieusement arrangée par Henry VIII, cette religion mouvante, aura ses fanatiques un jour : il n'est pas de folie que l'humanité repousse.

La reine reprit Anna de plus haut.

— Mahomet ne peut être comparé à Jésus-Christ sans impiété.

— Je le sais comme toi.

— Non, tu ne le sais pas, toi qui ravales

(1) Qui ne sait que le Koran fut écrit sous la dictée de l'envoyé de Dieu, l'ange Gabriel?

Jésus-Christ jusqu'à nous, toi qui en fais
un être de boue et de corruption. Ah! tu
es dans une voie bien mauvaise! hâte-toi
d'en sortir!

La jeune femme abandonna soudain sa
parole sobre et tranquille pour se livrer
aux élans d'un enthousiasme pénétré. Ce
fut dans ce sens qu'elle parla :

— Il est grand le Christ. Sa justice
est allée au-delà de la justice espérée et
voulue, même de celle qu'avaient rêvée
quelques hommes de bien; sa sagesse
a laissé loin la sagesse des siècles. L'ins-
tinct brutal dominait les destinées humaines, la terre presque entière subissait le joug des sens, le monde romain,
héritier des mensonges de la Grèce, ache-
vait de se corrompre dans l'inertie et la négation de toute vérité, lorsque le Christ y

fit son apparition mélancolique et sublime:
Le changement fut immense ! d'une main,
il renversa les idoles de prostitution et de
blasphèmes ; de l'autre, il établit la religion
du Dieu solitaire, immuable, infini, source
de toute force et de toute justice ; du Dieu
pressenti et mystérieusement adoré par les
sages de l'antiquité. Au règne honteux des
besoins exclusivement charnels, il fit succé-
der le règne magnifique, illimité, des idées
chastes, des aspirations éternelles et sa-
crées. A l'être de la matière et de l'égoïsme,
déjà renié par la science, il substitua l'être
d'intelligence, de pureté et d'amour. Le
maître et l'esclave s'unirent dans une fra-
ternité commune ; Dieu n'est-il pas le créateur et le père de tous ? Devant lui toute
inégalité sociale s'efface, pour ne laisser
subsister que le mérite des œuvres. Jamais
enseignement plus large, plus vivifiant,

plus propre à dégager l'homme de son
étroite personnalité et à féconder les ar-
deurs du solide et du beau, ne vint relever
l'humanité de ses chutes avilissantes. Et
cette doctrine, il la consacra par la mort !

Catherine, émue d'un pieux transport,
serra la main d'Anna.

— Oh ! oui ! dit l'enthousiaste créature,
j'aime, je vénère le Christ; mais vos su-
perstitions ne me sont rien. J'ai une assez
haute idée de la race humaine pour croire
qu'elle peut trouver ses bienfaiteurs dans
son sein sans les devoir à des miracles.
Le Christ ! tu ne saurais croire, Catherine,
avec quelle tendresse je profère ce nom !
Vous, chrétiens dégénérés, vous ne comprenez pas ses actes, vous ne voyez le
Christ qu'à travers de grossières erreurs :

le symbole vous trompe. Qu'on vous con-
teste sa descente aux enfers, vous criez à
l'hérésie, vous allumez des bûchers. Aveu-
gles que vous êtes, sa descente aux enfers,
c'est une grande victoire. Toute créature
faible s'émouvait à l'idée de la mort La
dernière limite de la sagesse, l'effort suprême de la raison était de la contempler
librement. On faisait de la vie le plus
grand des biens, et un bien d'autant plus
inappréciable, qu'au-delà on ne voyait
que le froid néant ou de mornes et vaines
agitations. Rappelle-toi l'Achille d'Homère,
comme il est triste dans cet autre monde!
Sa parole vous laisse le cœur malade : « Ne
» me console point de la mort, j'aimerais
» mieux, esclave grossier, servir sur la
» terre un autre misérable, que de régner
» sur toutes ces ombres. » Le Christ, au
contraire, qui a bien connu la valeur des

choses, qui a senti la fragilité de tous les
attachements terrestres et ce qu'ils ont de
menteur, le Christ a réconcilié l'homme
avec la mort. Poursuivant, mais d'une
manière triomphante, la mission de Platon,
il a fait de cette heure, naguère épouvantable, l'heure de la glorification et de l'a-
mour ; une résurrection. La mort, c'est
l'être immortel qui se dégage d'une enveloppe impure et qui va accomplir des
destinées impérissables et constamment
magnifiques et calmes. J'ai souvent plaint
les anciens. S'ils ne voyaient pas la vie
comme une fête voluptueuse, ils n'avaient
pour s'en consoler que l'aversion ou le
dédain, sentiments bien âpres. Cet austère Pyrrhon trouvait si peu de délice à
l'existence, qu'il ne l'acceptait que comme
une illusion. N'est-on pas navré en lisant
Marc-Aurèle? A l'imitation de Zénon, de

Lucrèce, il ne voit rien au-delà de la mort;
elle est la fin de tout. Qu'il entre dans ce
sombre refuge avec une majesté tranquille,
c'est la dernière expression visible de sa
grandeur.

—.Ces hommes me semblent plus désin-
téressés que nous, Anna.

— N'avaient-ils pas la conscience et l'orgueil? Ces mobiles humains étaient puissants pour eux, et d'un effet immédiat,
parce qu'ils étaient là. Notre éternité ne
nous apparaît au contraire qu'en des temps
incertains. Catherine, je te le dis, après la
religion du Christ, toute religion dogmati-
que est impossible. N'est-elle pas la per-
fection dans le sens humain? Quelques
hommes de convictions inébranlables et
sévères grandiront à distance et seront

les majestueux soutiens du culte qui s'en
va. Les autres poursuivront des ombres
de religion à l'aide de subtilités misérables,
de niaises controverses. Ils se disputeront
pour des mots. A défaut d'un intérêt ma-
tériel, l'entêtement sera leur foi. Puis il
viendra un temps où la grandeur solitaire
de Dieu planera sur les ruines de tous ces
systèmes, proclamés dès l'origine comme
autant de vérités éternelles, et reniés tout
aussitôt. Le culte grec manqua-t-il jamais
de sectes? Le culte chrétien a-t-il souffert
assez d'interprétations? a-t-il été assez
méconnu, assez livré aux outrages d'une
science orgueilleuse et vaine? Est-il un
seul point sur lequel il y ait accord universel? Tant de conciles assemblés n'ont
réussi qu'à soulever les questions plus ardentes et à rendre le doute plus obscur
Nul culte n'est immuable.

— Tu me fais peur, dit la reine, aucune
de nos croyances n'est la tienne.

— D'abord, je ne crois pas inattaquables
les six articles de foi (1) imposés par Sa Grâce
Henry VIII. Je trouve plaisant qu'il déshé-
rite le pape de son infaillibilité pour faire
trôner la sienne ; et c'est de toute mon
énergie et de tout mon bon sens que je
m'élève contre le premier article.

La reine tressaillit et mit la main sur la
bouche de l'audacieuse.

— Tais-toi, prononça-t-elle avec autorité. Ta parole est impie.

Anna se dégagea, et proféra en affectant

_____

(1) Ces articles de foi furent appelés le bill de sang.
    « Le bill, dit Hume, établit la présence réelle, la commu-
» nion sous une seule espèce, l'obligation perpétuelle du vœu
» de chasteté, l'utilité de la messe particulière, le célibat du
» clergé, la nécessité de la confession auriculaire. L'incrédulité
» à l'égard du premier article était punie par le feu. »

la solennité biblique : Mets un sceau à tes
lèvres, purifie-les avec le charbon de feu
du prophète. Se débarrassant tout-à-coup
de cette forme, elle dit : Qu'y a-t-il donc?
Ce bruit, c'est le bruit du vent. Les Grecs
l'auraient accueilli comme un dieu ; tu es
bien moins poétique.

— Garde ta pensée, malheureuse, c'est
la mort que tu cherches. Les yeux de la
reine errèrent dans l'étendue. Elle s'essuya
le front. J'ai des sueurs d'épouvante.

— Pauvre Catherine !

Il y eut dans ce mot une expression
de pitié si nette, si franchement avouée,
que la reine en fut troublée jusqu'au fond
de l'âme ; et que, par une contradiction
tout-à-fait dans la nature, elle désavoua
le mouvement affectueux d'Anna :

— Pourquoi me plains-tu? Toutes les femmes envieraient ma destinée.

— Crois-tu qu'elles auraient raison? demanda la pénétrante créature avec son même accent. Est-ce, en effet, moi qui me trompe? Je le désire.

— Toujours sa franchise impitoyable! proféra Catherine. Elle affecta de la gaieté pour dire: La cour serait ta perte.

— Peut-être. A force de vous courber devant la volonté changeante et impérieuse de Henry, vous l'avez habitué à se croire plus qu'un homme; vous avez presque égalé la créature au créateur. Qu'on osât lui faire entendre la vérité, il la répudierait d'abord, mais plus tard il l'avouerait dans sa conscience; et qui sait? il la pratiquerait ensuite.

I. 14

— On voit bien, dit Catherine avec un mélancolique sourire, que tu ne connais pas le roi d'Angleterre.

— C'est votre lâcheté à tous, pardonne-moi, Catherine, qui le jette dans ce délire d'orgueil et de perversité. Te souviens-tu de cette parole de Salomon qui nous frappa un jour : *Celui qui regarde trop aux vents ne sème point, et celui qui regarde trop aux nuages ne moissonne point.* Trop de réflexion, te disais-je, empêche d'agir. Elle se croisa les bras, et balançant la tête avec un dédain inexprimable : Qu'est-ce donc enfin que ce Henri ? Par quoi séduit-il les femmes les plus remarquables ? Il n'est pas beau, il n'est pas jeune ; il doit avoir fort mauvaise grâce à parler d'amour.

— Encore ! dit Catherine.

— Je t'impatiente, n'est-il pas vrai ?

Laisse-moi soulager mon âme! Anna baissa
la voix: Sir Seymour t'aimait bien , Catherine, et tu l'aimais aussi. La reine demeura
sans parole...; Permets-moi une question
seulement, ce sera la dernière : Est-ce
Seymour qui a rompu avec Catherine; ou
bien Catherine, enivrée de l'éclat d'une
couronne, a-t-elle rejeté Seymour?

Pendant cette interrogation si directe ,
la reine avait les yeux baissés. Sa contenance trahissait son trouble intérieur.
Anna attendait qu'elle parlât. Ne pouvant
lui échapper complétement , la reine dit
avec une dignité vraie:

— Il y a des questions auxquelles l'é-
pouse du roi d'Angleterre peut, sans blesser
l'amitié, s'abstenir de répondre.

— Des mystères avec moi, Catherine !

cela n'est guère loyal. Quand bien même
tu aurais eu une faiblesse vaniteuse, ce
ne serait pas moi qui t'en ferais un grand
tort. Ne suis-je pas femme et sujette à faillir
par une foule de points ? Tu expies bien
d'ailleurs ton élévation... Eh quoi ! tu dé-
daignes de me dire un mot !.... Oh ! je
comprends ! tu as eu peur du meurtrier ;
tu as craint qu'il ne punît ton refus...

—Vous allez vite en conjectures, Anna.
Mes motifs étaient plus nobles, vous auriez
dû me deviner. C'est une de mes douleurs
que vous n'ayiez de moi que l'opinion de
la foule.

—Pardonne-moi ! s'écria la jeune femme.

La reine posa la main sur le bras d'Anna ;
et, penchant la tête, elle écouta avec une
attention recueillie.

— Personne ne vient.

Catherine fit un geste impatient, et reprit son attitude, mais plus attentive encore.

— C'est le roi, dit-elle en respirant à peine. Anna, je t'en conjure à genoux, ne dis pas un mot qui puisse te compromettre ! Par le Dieu que nous adorons toutes deux, promets-le moi ! Il y va de ta vie.... de la mienne ! La reine avait joint les mains. Feras-tu ce que je veux ? Réponds-moi donc, superbe !... Un geste de cœur, un oui expressif tranquillisa un peu la souveraine. Lève-toi et marche dans cette pièce en semblant l'examiner. Ah ! ne dis pas d'où tu es ! Il exècre le Lincolnshire.

Anna, subjuguée par l'accent alarmé de

Catherine, obéit. Il s'écoula quelques minutes encore avant que son oreille pût
saisir un bruit de pas. Ellesmère accourut
toute saisie. La reine lui fit un signe de
tête calme et gracieux. Progressivement
des pas se firent entendre lourds et d'un
mouvement lent et brusque à la fois. D'autres pas doux, mesurés, s'y mêlaient; on en
distinguait encore de plus éloignés, et qui
semblaient fermes.

— Si je ne me trompe, dit la reine, il
y a deux hommes avec le roi, et l'un doit
être l'archevêque de Cantorbéry, Cranmer. Anna, veille bien sur tes paroles.
Souviens-toi de Lambert (1)!

(1) Lambert, ancien maître d'école à Londres, avait nié la
présence réelle. Henry VIII eut la curieuse vanité de discuter
publiquement avec l'hérétique. On dressa des échafauds pour

les spectateurs dans une salle de Westminster-Hall; et Henry, royalement vêtu, assis sur un trône et entouré des grands de sa cour, adressa des questions religieuses à l'imprudent. Cette comédie atroce et de mauvais goût eut pour conclusion la condamnation au feu de Lambert. Le malheureux montra un courage étonnant. Presque consumé, en proie à des tortures inouies, il s'ecriait : *Nul autre que le Christ! Nul autre que le Christ!*

VI.

Un Roi absolu.

> Quelle chimère est-ce donc que l'homme? Quelle nouveauté, quel chaos, quel sujet de contradiction! Juge de toutes choses, imbécile ver de terre, dépositaire du vrai, amas d'incertitudes, gloire et rebut de l'univers.
>
> *Pascal.*

> Qu'est-ce que ces meules qui tournent sans cesse et que broient-elles?
>
> Fils d'Adam, ces meules sont les lois de ceux qui vous gouvernent; et ce qu'elles broient, c'est vous.
>
> *La Mennais.*

Le roi parut enfin, pesamment appuyé sur le bras de Cranmer et suivi de Gardiner, évêque de Winchester. Ce dernier s'empressa d'avancer un fauteuil à Henry et l'aida à s'y établir. Il fallut un instant

au monarque pour qu'il se remît de sa
marche laborieuse. Quand il eut soufflé à
plusieurs reprises, il dit à la reine qui se
tenait gracieusement à côté de lui, après
avoir reçu les hommages de Cranmer et
de Gardiner :

— Voilà une heure que je vous cherche,
Madame.

— Si je l'avais su, j'aurais couru au-
devant de Votre Grâce.

— Et quel caprice vous a passé par la
tête de venir vous cacher dans cette retraite de loup? On la dirait faite pour des
conspirations, tant elle est reculée et sombre. Y méditiez-vous quelque outrage contre notre suprématie ?

— Ah ! Sire !

— Les femmes ont si peu de scrupules!

Il se tourna vers Cranmer. Allez, mon
cher lord de Cantorbéry, vous me devez
des cantiques de grâce pour vous avoir
débarrassé de votre pédante moitié. Mais
dites-moi, chère Kate, comment et pourquoi vous vous trouvez ici? Ce fut au tour
d'Anna d'être inquiète.

— Madame n'a jamais vu de palais; je
lui faisais admirer le bon goût et la magni-
ficence de Votre Majesté.

— Il aurait donc fallu lui cacher cette
pièce.

Cependant Anna se tenait immobile et
debout à quelque distance du roi; et,
sans qu'elle le voulût, son regard ne pouvait se détacher de lui. Tout passait sa
prévision et les rapports qu'on lui en avait
faits. L'embonpoint de Henry était déjà

frappant. A mesure que l'homme se mouvait , on s'écartait involontairement ,
comme pour lui livrer un large espace.
Ses bras, d'une longueur ordinaire, semblaient courts et complétement dispro-
portionnés, il en était de même de ses
jambes. Cette masse les écrasait, les forçait
presque à plier sous son poids. Fatigué
bien vite de cet aspect disgracieux , on
cherchait le visage, et on lui demandait
quelque chose de l'empreinte divine. La
terreur et un dégoût invincible ressortaient
de cet examen. On avait peur des yeux de
Henry. Ils étaient si pénétrants , malgré
leur petitesse ; si dangereux de douceur
invitante et familière, de bonhomie même;
et tout-à-coup ils devenaient impérieux,
féroces, horriblement satisfaits : lorsqu'il les
baissait, la ruse sommeillait sous ses paupières , alors il fallait trembler. Ses lèvres

épaisses et molles accusaient son penchant
immodéré aux plaisirs de la table et des
voluptés de la chair. Ce qu'il y avait de
commun, d'épais et de brutal dans le
bas du visage, très large et orné d'une
barbe courte et ronde, confirmait l'observation. Sans les yeux et le front, il eût
porté les caractères d'un abrutissement
complet.

L'attention d'Anna n'échappa point à
Henry.

— Vous semblez fort occupée de nous,
belle dame?

La reine leva sur l'imprudente un regard de supplication. Anna le rencontra
et en fut touchée. Avec cette promptitude
d'intelligence qui caractérise la femme,
elle fit une révérence aimable au roi, et ce

fut de l'air du monde le plus modeste
qu'elle dit :

— En aucun temps mes yeux ne s'é-
taient arrêtés sur la personne auguste d'un
roi, et j'attends de Votre Majesté qu'elle
me pardonne cette hardiesse.

— Notre Majesté est peu gracieuse à
voir, et votre air l'a exprimé à défaut de
votre bouche.

— Pourquoi vous injurier, cher Sire,
dit la reine.

— A d'autres des compliments, Catherine ; nous avons des glaces de Venise qui
ne mentent pas, et qui nous rappellent
chaque jour que notre auguste personne
est fort différente de ce qu'elle fut autrefois. Dites-moi si l'homme qui est devant
vous pourrait franchir des barrières, à

cheval, et renverser de sa lance les plus vaillants chevaliers ? Voilà ce que nous faisions en des temps moins avancés, et non pas sans quelque adresse.

— Ces jeux ne conviendraient guère à la gravité et à l'étendue de vos pensées.

— Bien nous prend d'être grave, quand nous avons perdu les agréments de la jeunesse. Demandez à notre bon lord de Winchester s'il suppose que le fardeau des ans est doux à porter.

— Votre Majesté, répondit Gardiner, a une tête si forte qu'on oublie que le temps a marché pour elle. C'est d'ailleurs une singulière prétention de parler de vos années, comme si l'on ignorait que vous êtes jeune.

— Toujours tes cajoleries, mon bon

lord! J'ai l'oreille dure pour les entendre.

Anna se disposait cependant à se retirer. Henry s'en aperçut, et, au grand dé-
plaisir de la reine, il la retint.

— Ne vous éloignez pas sitôt, madame,
ou nous croirions que notre figure vous
fait peur. Asseyez-vous, de grâce. Lord de
Cantorbéry, et vous, lord courtisan de
Winchester, ne restez pas debout. Retour-
nant à Anna : Sans doute vous êtes un
astre qui n'avait pas encore brillé à notre
horizon; astre charmant, sur ma parole,
et dont la disparition pourrait être regret-
tée comme celle de la plus belle étoile.
N'est-il pas vrai que vous n'êtes pas de
Londres?

— Il est vrai, Sire, je suis étrangère.

— Est-ce la curiosité de voir Londres,

ou quelque affaire, qui vous y a amenée?

— L'un et l'autre, répondit la jeune femme. J'ai un acte de faveur et de justice tout à la fois à solliciter de votre Parlement.

— Et vous en avez parlé à la reine? Qu'avez-vous donc, cher cœur? dit-il en se tournant vivement vers Catherine; vous êtes là silencieuse et pâle comme un trépassé? Sans doute vous connaissez cette belle personne?

— Je l'ai connue, répondit la reine, lors d'un séjour que j'ai fait dans son pays.

— Vous n'étiez pas lady Latimer alors.

Qui dirait, ajouta Henry en agaçant agréablement la reine, qui dirait, à la voir si modeste et si douce d'air, qu'elle a toute la science, tout l'entêtement et toute la

1.   15

hardiesse d'un docteur? Savez-vous, madame, qu'elle me tient tête quelquefois,
et je ne suis pas toujours victorieux. Elle
a tant de ruses, tant de câlineries et de
subtilités dans l'esprit, tant de brillant
dans son dire, que je m'ébahis à l'écouter,
et que je perds mes avantages les plus réels.

— Votre Grâce ment en ce moment,
dit la reine. Dans nos discussions, d'ailleurs
assez rares et où votre volonté m'entraîne,
j'ai toujours la honte de la défaite.

— Cela vous plaît à dire, mon amour.
Dites-moi, madame, lisait-elle beaucoup
quand elle était jeune fille?

— Mon cher roi a bien de la curiosité,
remarqua la reine d'un ton d'enjouement
propre à adoucir ce qu'avait d'audacieux
le sens de son observation.

— Rien de ce qui vous a pour objet ne m'est indifférent. Les autres femmes ne savent que tenir l'aiguille et le fuseau; vous avez des connaissances précieuses qui m'ont souvent distrait de mes ennuis et de mes soucis de roi, et je m'en réjouis très fort. Vous ne voudriez pas ressembler à cette sotte d'Anne de Clèves, qui ne savait que me parler dans son baragouin hollandais. En revanche elle filait comme une pauvre ménagère. Est-on religieux dans votre pays, madame? demanda-t-il soudain à Anna.

— Excessivement, répondit-elle

Henry surprit un mouvement inquiet de Catherine.

— Qu'avez-vous, ma très chère âme ? Vous souffrez.

— Je suis heureuse de votre tendresse,
Sire, mais elle vous trompe en ce moment.
Vous autoriserez madame à se retirer;
elle me faisait ses adieux quand vous êtes
entré.

— Point du tout, répondit Henry; sa
présence vous est précieuse, agréable;
vous regretteriez sans doute de la voir
s'éloigner si vite. Madame a d'ailleurs à
nous dire le motif de son voyage; et, en
ma qualité de roi et de père de tous, je
dois m'intéresser à sa peine. C'est du Parlement que relève sa cause. S'il nous est
possible de lui être de quelque utilité,
qu'elle dispose de nous sans la moindre
gêne. Notre Parlement a quelquefois
égard à nos désirs. Ne le pensez-vous pas,
Cranmer?

Incapable de flatter l'humilité hypocrite

de Henry VIII, Cranmer répondit avec
plus de franchise que de prudence :

— Le Parlement se fera toujours un
honneur et un devoir de se montrer do-
cile aux ordres de votre Majesté toutes
les fois qu'ils seront d'accord avec la justice et la félicité de l'État.

—C'est bien ainsi que nous l'entendons,
proféra brusquement le roi. Vous avez
d'étranges réserves..... Mylord, dit-il en se
tournant vers Gardiner, pensez-vous que
cette restriction fût nécessaire ?

—Me préserve le ciel d'une telle offense!
Ne sais-je pas que toute vérité procède
infailliblement de votre Majesté; que, sans
les lumières surnaturelles dont elle éclaire
l'Angleterre, nous serions tous plongés
dans la nuit de l'erreur et de l'impiété!

Dieu vous a conféré sa sagesse, il a voulu qu'un autre Salomon glorifiât son œuvre. N'est-ce pas à l'esprit de révélation qui est en vous, que le royaume doit une prospérité et une grandeur inconnues sous ses autres souverains? Le Parlement a senti votre suprématie; et, bien qu'il soit composé d'hommes habiles et versés dans tous les genres de science, il n'a pas hésité à déclarer que vous seul pouvez diriger les sentiments, la conscience et la foi de vos sujets. Sa présomption eût été grande, en effet, s'il eût voulu égaler ses mérites aux vôtres. Moi-même, qui en fais partie, je l'aurais déclaré stupide ou fou (1).

— Assez, mon bon lord de Winchester, dit Henry avec une modestie qui ne trompa

(1) Il faut lire tout ce qui concerne le Parlement de Henry VIII pour croire à cette lâche servilité.

personne. Le serpent du paradis terrestre n'avait pas un dire plus séduisant que le tien. Croyez-vous, madame, demanda-t-il à Anna, que je puisse quelque chose pour vous? j'en aurai du plaisir.

Cette question fut faite avec une simplicité qui ébranla presque les convictions de la jeune femme. Elle ne savait pas s'il fallait en croire ses souvenirs ou ce qu'elle entendait.

— Toutes les grâces de cœur vous sont naturelles, dit Catherine à Henry VIII. Mais, de son regard expressif, elle avertit Anna de ne pas se fier à la parole du roi.

— Elle est charmante, prononça Henry en pressant doucement la taille de Catherine. Aussi a-t-elle toute notre confiance et tout notre amour. Vous visiterez votre

jardin avec madame, cher cœur. S'adressant à Anna : Savez-vous bien que cette
jolie reine a des jouissances que n'a pas
goûtées notre admirable Catherine d'Aragon, la meilleure et la plus fidèle de nos
épouses? Si notre Catherine d'à présent
veut manger une salade de laitues, elle la
fait cueillir sous ses yeux. Mon ancienne
Catherine, au contraire, était obligée de
faire traverser la mer pour en avoir. Et si
j'en avais demandé, moi, et que le vent
fût contraire, la pauvre âme se désolait
intérieurement. Mais dites-nous donc,
belle dame, le motif qui vous amène ici.

— Sous le bon plaisir de Votre Grâce,
je n'hésiterai pas à le dire, répondit Anna
en s'inclinant devant le roi, non sans avoir
rassuré Catherine d'un coup d'œil. La
mésintelligence s'est mise entre mon mari

et moi, il m'a renvoyée de sa maison tout
innocente que j'étais; et je viens solliciter
de la justice du Parlement de votre Majesté
une sentence de séparation.

— Ah! c'est fort mal! s'écria le roi.
Pourquoi ne pas vivre en paix? J'ai di-
vorcé deux fois, moi; le monde entier le
sait et m'a jugé; mais c'était ma conscience,
c'était le bien de l'Etat qui l'exigeait impérieusement. Avant de consulter mes pen-
chants, je me devais à l'Angleterre. S'il
ne se fût agi que de moi, je ne l'aurais jamais fait. Ma première Catherine était une
sainte, le modèle de toutes les perfections
évangéliques; je ne la quittai qu'avec désespoir ; mais le remords me déchirait
comme le vautour de Prométhée. N'avait-
elle pas été la femme de mon frère? L'é-
tourderie de la jeunesse m'avait entraîné

à commettre une faute : devais-je y per-
sévérer plus tard quand j'en sentais toute
l'énormité.

—Et Anne de Clèves, Sire? demanda la
curieuse Anna.

— Celle-là , dit le roi, qui comprit bien
l'intention de la jeune femme , n'était pas
libre non plus de tout engagement légitime;
elle avait été accordée avec le duc de Lor-
raine ; puis elle était sans cœur pour mon
pauvre peuple, jamais les détresses publiques ne l'auraient émue, je dus rompre avec
elle. Cette explication donnée, le roi eut
sa revanche. Son regard s'arrêta brusque
et direct sur la jeune femme. A son tour,
il lui demanda une explication : Quels
torts a donc votre mari envers vous?

Comme il vit Anna le regarder, il prit

un maintien négligé , un air tout-à-fait
inoffensif ; et ce fut d'un ton paternel
qu'il repéta sa question. La figure de Catherine avait imposé la nécessité de la réserve. En ce moment elle se leva et s'approcha d'une fenêtre qu'elle ouvrit.

— Votre Majesté me permettra de
n'entrer dans aucun détail. Je rougirais
d'ailleurs de l'entretenir d'un si pauvre
sujet , des querelles de ménage !

— Pauvre femme ! dit Henry, il vous a
fait des infidélités, je le devine à votre
rougeur. Nous le punirons, aussi vrai que
je suis roi. Ce couard ne sait donc pas
que j'ai fait de la chasteté une vertu fon-
damentale ? Nous avons châtié deux
reines parjures, nous avons dit au bourreau d'en faire justice ; et par notre

saint titre de *défenseur de la foi* (1), nous n'épargnerons personne!

— Votre Majesté va bien vite, dit Anna en souriant ; l'homme dont je me plains n'a pas manqué à ses devoirs de mari fidèle.

— C'est donc vous, madame, qui avez manqué à vos devoirs de femme ?

Anna, serrée ainsi de près, ne put que se défendre par une réfutation modeste et énergique de la brutalité de cette accusation.

— Un roi seul, prononça-t-elle, non sans une hautaine amertume, peut ha-

---

(1) Henry VIII, défenseur d'abord des droits du Saint-Siége, avait reçu ce titre du pape. Avec l'inconséquence qui caracté-risait tous ses actes, il s'en para même après s'être fait l'ennemi de ces droits.

sarder ce langage. J'ai dit que j'étais innocente, Sire, et j'ai dit vrai. Il n'est pas
un autre homme qui osât me démentir.
S'il en était un, je le tiendrais pour un
lâche calomniateur.

— Que faut-il que je pense, reprit le
roi, de votre silence obstiné? Ce que vous
déclarerez au Parlement, vous pouvez bien
me le dire à moi, le dire à la reine ; c'est
tout-à-fait le dire en famille ! Je ne comprends rien à vos scrupules. Allons, madame, un peu de confiance. Catherine,
engagez-la donc à être moins sauvage.

Anna, malgré cette invitation, resta
muette. Qu'elle dît un mot du catholicisme de M. Kyme, il était perdu ; elle le
supposait justement.

— Je ne sais pas forcer la parole, dit la

reine. Ce que Votre Majesté n'a pu obtenir de madame, me serait bien certainement refusé et à plus juste droit.

— Pourtant il est essentiel que je le
sache, reprit Henry avec une ténacité
d'autant plus forte que rarement elle avait
trouvé de la résistance. Ne dit-il pas un
jour : « Nul homme n'a pu se soustraire à
» ma volonté, nulle femme n'a essayé
» d'être rebelle à mon désir? » Eh bien !
madame, reprit-il en regardant Anna, j'attends.

Ce simple mot eût fait trembler toute
autre femme; Anna resta ferme et le front
levé. La reine cependant regardait vers la
fenêtre comme si elle eût attendu quelque
secours de là; mais nul être ne se montrait
aux croisées de la tourelle qui faisait face
à cette partie du palais. Sa belle figure

n'était pas sans quelque trace visible d'agitation. Tout-à-coup elle se leva résolue ;
et se dirigeant vers une armoire de chêne
noir sculptée , elle en rapporta un livre
qu'elle mit dans les mains de Henry : ce
livre portait le nom de l'homme qui était
le plus odieux au roi, de ce Martin Luther
qui avait osé l'appeler *âne couronné.*

— Qu'est cela ? demanda le roi d'une
voix étranglée.

—Vous le voyez, Sire, répondit froidement Catherine, c'est un livre que vient
de publier le satan de l'Allemagne. Cela
dit , elle lut le titre tout haut : *Mensonges
des Welches sur la mort du docteur Martin
Luther.*

— Et c'est vous , madame l'effrontée,
qui me donnez l'œuvre de ce damné ?

Henry jeta violemment le livre à terre; sa
rage manquait de paroles; il bégayait des
sons rauques et sourds. Son visage avait
pris une teinte violacée qui faisait peur à
voir. Sous ses paupières ardentes roulaient
des yeux féroces. Enfin, cria-t-il, m'expli-
querez-vous tant d'audace?

— Pardonnez-moi, dit la reine, je m'es-
saie à combattre les doctrines de ce réprouvé; et plus je les approfondis, moins
je comprends l'ascendant qu'elles ont pris
sur la malheureuse Allemagne. Que des
êtres ignorants les aient adoptées, cela est
tout simple, la foule ne sait guère pourquoi elle va dans un sens ou dans un
autre; mais des princes souverains! cela
me confond.

— Dites-vous vrai, Catherine? demanda

Henry, un peu soulagé de sa colère et en s'enveloppant de toute sa méfiance.

— Eh ! Sire, ne suis-je pas une fille de l'Angleterre, élevée dans le respect de ses maîtres? Comment, poursuivit-elle, des hommes sains d'intelligence ont-ils pu se faire les complices de tels égarements? C'est une gloire pour moi, ajouta-t-elle, d'éclairer ma profonde ignorance à votre esprit de lumière et de vie, et j'étudiais le maudit pour vous soumettre les points qui m'auraient embarrassée. Le démon s'explique par la bouche des hérétiques, et le démon est parfois bien dangereux.

— Il est certain, dit Henry parfaitement calmé, que la parole de Dieu est en moi, je la sens mystérieuse et souveraine; et si je ne la faisais pas respecter de ce peuple dont la garde m'est confiée, je faillirais à

ma mission d'élu du Seigneur. La vie pu-
blique a des devoirs bien graves. « Liez les
mauvaises herbes et jetez-les au feu, » dit
l'Écriture. J'obéis à ce commandement
sacré en débarrassant le royaume de tous
les hérétiques qui en feraient la terre de
perdition et de blasphèmes. Quand la
tentation atteint les saints, il faut croire
que le mal est violent, et qu'il est du
devoir des puissants de le faire cesser.
Satisfait de son éloquence, le roi s'arrêta
un moment comme pour en laisser jouir
les autres et pour en jouir lui-même. Il
s'égaya ensuite sur les tristesses naïves de
Luther. Ce démon de luxure et d'ivro-
gnerie retourne à l'enfer, dit-on. Dans une
lettre qu'il écrivait à un de ses compagnons
d'hérésie, un certain Spalatin, je crois, il
disait piteusement : « Je suis paresseux,
» fatigué, froid, c'est-à-dire vieux et inutile;

» j'ai achevé ma route (1). » Il disait ailleurs : « Me voilà rassasié de vie, si cela
» peut s'appeler de la vie (2). » Et de telles
niaiseries font pleurer les femmes et
les enfants. Ce coquin est si plein de lui,
qu'il s'imagine que parce qu'il va rendre
son âme au diable, le monde va finir aussi,
et que le jugement dernier s'approche (3).
Connaissez-vous ces lamentations du vieux
pécheur? Gardiner est comme notre chancelier Wriothesely ; il a toute l'astuce d'un
démon pour découvrir ce que d'autres
voudraient cacher, le mal surtout. C'est à
son zèle que je dois une foule de commu-

(1) *Mémoires sur Luther.* MICHELET.

(2) — *Ibid.*   — *Ibid.* —

(3) « Le monde menace ruine, cela est certain, tant le
» diable se déchaîne, tant le monde s'abrutit. Il ne reste
» qu'une consolation, c'est que ce jour est proche. On est
» rassasié de la parole de Dieu ; le monde en prend un sin-
» gulier dégoût. » *Luther à Spalatin. Mémoires sur Luther.*
                                MICHELET.

nications précieuses. L'évêque de Winchester s'inclina profondément. Vous
voyez, lui dit Henry avec un sourire
railleur, que Notre Majesté tient compte
de vos loyaux services. Une nouvelle
inclination témoigna de l'humble recon-
naissance de l'évêque courtisan. Madame,
dit le roi à Catherine, vous n'appréciez
pas notre digne serviteur Gardiner. Rarement vous tenez à lui dire des paroles
gracieuses. Cela ne laisse pas que de nous
affecter quelquefois ; nous aimerions à ne
voir autour de nous que des visages satisfaits ; et cela pourrait être.

— Mylord de Winchester, dit la reine,
est assez payé par la confiance de Votre
Majesté.

— La vôtre, madame, prononça l'évêque
d'un ton persuasif, me serait une faveur

tellement belle que je ferais tout au monde
pour la mériter.

— Elle vous serait inutile, mylord, répondit froidement la reine.

— Te voilà tout coi, mon pauvre serviteur, dit Henry en se laissant aller à sa
mordante gaieté. Les dames ne sont pas
toujours disposées en faveur des vieux
hibous. Il faut bien s'en consoler ou se résoudre à vivre avec leur dédain. Sois
patient et soumis, tu arriveras peut-être à
obtenir mieux que des paroles sévères. Ma
première Catherine poussait l'amour de
ses devoirs d'épouse jusqu'à nous sacrifier
toutes ses préventions, c'était une femme
rare. Voilà Cranmer, ajouta le roi, qui est
quelquefois sincère jusqu'à la rudesse;
eh bien! on l'aime: demande-lui son secret.

— Je n'ai qu'un mérite, sire, dit Cranmer, c'est de préférer la prospérité de votre royaume à la mienne propre.

— En cela, je te rends justice, mon bon lord ; tu as à toi seul plus de probité et de désintéressement que vingt de ces courtisans ensemble qui vont toujours m'étourdissant de leur fidélité.

Henry, malgré tant de sujets de distraction, n'avait garde d'oublier Anna. De temps en temps son œil inquiet l'assurait que sa proie était bien là encore. Ce fut par un brusque interrogatoire qu'il retourna à elle :

— D'où êtes-vous ?

— Du Lincolnshire, répondit Anna avec quelque hésitation. Puis son regard sembla dire à Catherine : Je ne pouvais pas faire autrement.

— Pays de raisonneurs et de rebelles !
s'écria Henry. Il a fallu des échafauds
pour les faire rentrer sous la loi; encore
sont-ils toujours prêts à remuer. Quelques
nouveaux exemples sont peut-être néçes-
saires, on les leur donnera.

— On n'a pas cessé, dit Cranmer, d'y
sacrifier à la grande prostituée.

— Connaissez-vous la grande prostituée,
madame ? demanda le roi à Anna. C'est
Rome, c'est ce nid d'où les serpents et les
vautours s'élancent constamment pour dé-
vorer la substance des peuples et infec-
ter de leur venin la terre où ils ne font
pourtant que passer. La prostituée a des
embrassements qui corrompent les chairs
et dévorent les os. Rome est encore la bête
dont l'Apocalypse dit : « Les petits, les
» grands, les hommes libres, les escla-

» ves, porteront le sceau de la bête sur
» leur main droite et sur leur front. » Moi
roi, je portais ce sceau et je l'ai effacé.
Henry fit une pause ; et toujours entêté de
savoir, il dit à la jeune femme : Je vous ai
donné assez de temps pour certaine réponse. Comme il vit qu'Anna semblait méditer, il ajouta avec simplicité: Vous savez?
ce qu'il faudra obtenir de notre Parlement.

— Une cause si obscure, répondit Anna,
ne mérite pas d'avoir Votre Majesté pour
médiatrice.

— Laissez-moi être seul juge dans cette
affaire ; si l'on s'étonne, vous direz que je
l'ai voulu ; faites-moi la grâce enfin de
m'instruire des motifs qui vous ont fait
quitter votre mari. Ils doivent être graves,
car vous ne semblez pas étourdie.

— Votre Majesté porte sur moi un jugement trop favorable.

— De la modestie ; soyez sincère avant tout.

La reine cachait son excessive inquiétude sous un air froid. Cranmer et Gardiner se montraient aussi curieux que le roi, sans pourtant dire un mot ; Anna, les yeux baissés, ne paraissait guère disposée à répondre.

— Eh bien, madame?

— Eh bien, Sire ?

— Oh ! c'est pousser trop loin l'abus de ma bonté!

— Sire, dit la reine d'un ton suppliant, épargnez sa pudeur !

— Vous aussi, madame, vous vous rangez du parti d'une obstinée ?

— Se peut-il que Votre Majesté ne comprenne pas la répugnance d'une femme à s'expliquer sur des tracasseries d'intérieur en présence d'aussi grands personnages ?

— Par sainte Marie! dit Henry VIII, vous avez d'étranges délicatesses; moi, j'ai rendu mes tracasseries publiques, tout augustes qu'elles étaient.

— Vous êtes roi, Sire, remarqua Anna, et moi je ne suis qu'une femme très obscure et sur laquelle il peut tomber beaucoup de blâme.

— Mais vous êtes disposée à porter votre plainte devant mon Parlement.

— J'avais peu réfléchi à l'indécence de me donner en spectacle à tous.

—Vous êtes bien changeante, madame, et vous prenez l'alarme facilement, je doute que...

Un message extraordinaire du roi de France interrompit les refléxions de Henry.

— Nous nous reverrons, dit-il à Anna.

— Quand il plaira à Votre Majesté, répondit la jeune femme.

— A bientôt, reprit le roi avec un sourire singulier. Madame, dit-il à la reine, gardez-vous d'elle ; je la déclare aussi rusée que jolie.

Il baisa la main de Catherine, qui l'accompagna jusqu'à la porte. Elle retourna sans empressement auprès d'Anna. Certaine enfin de ne pouvoir être entendue, elle exprima librement sa crainte.

— Au nom de Dieu, Anna, ne reviens jamais ici! J'ai tremblé pour toi.

— Qu'es-tu devenue, Catherine? dit la jeune femme avec un sourire de compassion sur les lèvres. Où est ta force? où est ta justice? Tu as flatté l'homme des ténèbres.

—Veux-tu vivre, Anna? demanda la reine fort troublée. Si déjà tu ne sens pas dans ton cœur la misère et le néant de toute chose, unis à la prudence du serpent la douceur de la colombe; le roi t'a laissé pour adieu une parole de mort.

— Je ne sais pas feindre une humilité qui n'est pas en moi, Catherine; et si l'homme qui vient de se glorifier insolemment de ses œuvres de sang, était l'homme dont je partageasse la couche, je lui ferais entendre la vérité dans toute sa rigueur.

Tu lui as asservi ton corps, mais est-il possible que tu lui aies asservi ton âme? Est-ce bien toi qui approuves tout ce qu'il ose concevoir d'atroce?

— Ta sévérité est grande, Anna ; tu as oublié le langage de l'amie : et qu'il est facile de s'ériger en juge de la conduite des autres! Crois-tu que je n'aie pas souffert des noms que j'ai moi-même donnés au défenseur des libertés humaines? Mon cœur pleurait en outrageant Luther, car, pour moi, c'est un être admirable de zèle et de saints désirs ; le bien le trouve infatigable. Mais il fallait détourner de toi la dangereuse curiosité de Henry : sa volonté est sa grandeur, elle est inébranlable; moi, qui le sais, je t'ai sacrifié ma conscience.

Un regard amer d'Anna embarrassa la reine.

— Nous étions donc bien petites l'une
pour l'autre ! Moi je n'ai soutenu qu'avec
dégoût le rôle que tu m'as forcée à prendre ;
seule, il n'aurait pas été le mien. Tu me
parles de ta conscience : eh Dieu ! tu la sa-
crifies tous les jours. Si je t'estimais moins,
Catherine, je te laisserais t'avilir et lécher
les pieds du bourreau de l'Angleterre avec
tous ces plats valets, un Gardiner, un
Bonner, un Wriothesely, et ce Parlement
non moins lâche que stupide. C'est parce
que j'ai de toi une haute idée, que je
souffre de te voir déchue en présence de
cet homme. Il a bien conscience de sa
supériorité brutale ; il sait bien que tu le
crains et que tu dissimules.

— Que veux-tu ? dit la reine ; je n'ai pas
le courage du martyre.

— Tu t'es perdue dans les délicatesses

oisives. Où est la jeune fille que j'ai connue si pure et si énergique? Tiens, Catherine, tout à l'heure je me sentais avilie en te voyant baisser le regard sous l'œil féroce et rusé de ton maître. Tu me faisais pitié avec ta voix tremblante, et tes sourires forcés, et ton humble parole. Oh ! ce ne fut pas ainsi que tu m'apparus dans nos champs ! Mais alors tu avais le courage simple d'une fille de la nature; ce que ton cœur pensait, ta bouche osait le dire ; ta rougeur était celle de la modestie et non celle des déguisements honteux. Alors tu comprenais l'Évangile.

— Je n'ai pas cessé de le comprendre.

— Non, non, femme prosternée de Henry VIII, c'est pour toi une science morte. Moi, je ne traînerais pas ma vie à travers les ennuis de l'indifférence ou les

avilissements du mensonge; je saurais
mourir.

— Aimes-tu ? demanda Catherine d'un
ton qui fit tressaillir Anna.

— Je me défends d'aimer.

— Tu es moins faible que moi.

— Vis ! oh ! vis ! s'écria la jeune femme ;
moi du moins si je quitte la terre, je n'y
laisserai que peu de regrets.

— Mon affection ne t'est donc rien ?

— Je la prise bien ce qu'elle vaut, Catherine, mais les désirs de ton cœur te
portent vers un être différent de toi. Cette
loi de sympathie prosterne aux pieds d'un
homme celle de nous qui la subit. Peut-être
a-t-elle sa grandeur, je ne la connais pas.

— La science te suffit.

— Non, Catherine, mais elle m'occupe.
Le cœur a des besoins qu'il faut tromper ;
c'est à quoi je m'efforce. Quand une femme
douée de jeunesse et d'enthousiasme s'en-
fonce dans la méditation austère, quand
elle brise avec la vie de tous, c'est que le
malheur est en elle.

— Si tu étais libre, aimerais-tu ?

— Laisse là toute supposition vaine. Il
y a des mots tellement puissants qu'ils
éveillent des douleurs formidables. Je me
suis réfugiée dans une sorte de froideur
railleuse ; bien cruel serait l'être qui m'en
ferait sortir !

Elle soupira. La reine lui tendit la main
d'un air touché.

— Souffre, dit-elle, que je m'occupe de
ta sûreté. Tu ne rentreras pas tout de suite
chez toi. Je me tromperais fort si le roi ne

mettait pas des gens sur tes traces. Ton nom
est ignoré ici, déconcerte la ruse, change
secrètement de maison. Te faut-il de l'or?
Anna tendit la main pour retenir la reine
qui s'était levée. Quand tu seras hors de
tout danger, écris à Ellesmère ta nouvelle
demeure, et j'irai te voir. Que Dieu te pro-
tège d'ici là! Sois prudente, sois-le pour
l'amour de moi et d'un autre, peut-être.
Tu peux bien oublier Henry, mais lui ne
t'oubliera pas... Anna, ajouta la reine, ne
m'ôte pas ton affection! Tu ne sais pas tout
ce que mon âme contient d'amertumes.
Le jour où la comtesse de Salisbury mar-
cha grande et fière à l'échafaud, je pleurai
devant la foule : c'était une imprudence.
N'appartenais-je pas à la cour de Henry VIII?
ne pouvait-il pas d'un moment à un autre
me demander compte de ces larmes qui
l'accusaient? Depuis lors, je résolus de
dompter mes mouvements, je commanda

le calme à mon visage, je me défendis de
toute compassion extérieure ; on me ju-
gea froide, insensible ; on calomnia ma
nature. Je résistai à cette dure épreuve ; je
pris même en respect cette tâche difficile,
elle me révélait en quelque sorte une
puissance impénétrable à tout autre qu'à
moi, et que n'entachait nul orgueil ; elle
me ravissait à la dépendance des hommes :
je me croyais grande. La reine sourit dé-
daigneusement. Elle poursuivit : A force
de surveillance sur moi-même, je suis parvenue à laisser rarement voir ce qui se
passe en moi. Dans le moment où ma
bouche sourit, où des paroles légères font
croire à ma liberté d'esprit, mon sein,
rongé par l'ennui ou par l'angoisse et la
colère, est souvent le théâtre de luttes
redoutables. Pourquoi tant d'efforts ? Je te
le répète humblement à toi, si vaillante, j'ai
peur du bourreau.

VII.

Pauvre Humanité !

> La vérité ne s'altère que par le chan
> gement des hommes.
>
> *Pascal.*

> Je fais des efforts inutiles pour con-
> cevoir comment un homme pourrait
> vivre absolument privé de religion, et
> complétement indifférent à toute ques-
> tion religieuse. Un tel homme ne serait
> pas un homme, ce serait une brute.
>
> *P. Leroux.*

Cathérine Parr revit Anna Askew avec
d'excessives précautions, non dans le palais
de Henry VIII, mais chez Anna elle-même
Le roi, d'ailleurs, malgré la prédiction de
sa prudente compagne, ne s'informa que

deux fois de la belle entêtée, puis il sembla l'oublier. Plusieurs grandes dames voulurent connaître cette femme qui discutait avec un esprit infini, une audace qui les épouvantait, tout en les captivant, sur les points les plus obscurs de la théologie. Il n'était pas d'argument qui l'embarrassât et auquel elle ne répondît avec promptitude. Souvent la raillerie se mêlait à ses discours et en relevait le sérieux.

La jeune hérétique, comme l'aurait appelée Henry VIII, habitait une petite maison au bord de la Tamise. Cette maison était isolée d'un côté par le jardin et de l'autre par une rue peu fréquentée. Un des derniers jours de février 1546, une femme de haut rang, liée avec Anna, lui exprima le désir qu'avaient un gentilhomme écossais et un

moine irlandais de s'entretenir avec elle.
L'un, sir Huntley, était un homme de mérite, mais fort entêté de la doctrine luthé-
rienne. Quant au moine, qu'elle ne connaissait pas, il lui avait été représenté
comme ayant vécu depuis des années dans
la solitude, loin du commerce de tout
être vivant, et seulement avec les livres;
ce qui lui donnait une sauvagerie extrême,
et prêtait à ce qu'il disait un air d'étran-
geté tellement en dehors des choses reçues,
qu'il éprouvait rarement l'envie de parler;
il était d'ailleurs malade d'un commence-
ment d'hydropisie, et par cela même fort
taciturne. Anna ne vit dans cette demande
que la curiosité commune à bien des per-
sonnes; elle consentit donc de la meilleure
grâce du monde à recevoir les deux étrangers le lendemain soir, parce qu'une affaire pressante les rappelait dans leur pays.

La sixième heure de la journée suivante venait de sonner; Anna était seule, assise près de son feu, lorsqu'un coup frappé à la porte d'une manière particulière lui annonça la reine d'Angleterre. Un domestique fidèle l'accompagnait. Comme Ellesmère, il avait servi lady Latimer. Catherine paraissait fort émue.

— Sais-tu, dit-elle à Anna, que Martin Luther est mort? Je viens m'affliger dans ton sein. J'ai reçu une lettre ce matin qui me donne des détails touchants sur les dernières heures de cet homme, bien digne de regrets. Lis, Anna, et toi aussi tu pleureras.

Anna fit apporter deux bougies, et lut bas d'abord, puis tout haut, à la prière de la reine. La lettre se terminait ainsi : « Après » avoir répété trois fois ces paroles pieuses

» *In manus tuas commendo spiritum meum*;
» *redemisti me, Domine veritatis*, le docteur
» Martin Luther ferma soudain les yeux
» et s'évanouit. Quand on l'eut fait revenir
» à la vie, le docteur Jonas lui dit : Révé-
» rend père, mourez-vous avec constance
» dans la foi que vous avez enseignée? Il
» répondit un oui ferme et distinct, et de
» nouveau le sommeil le prit. A quelques
» minutes de là, il pâlit et devint froid;
» et après avoir respiré encore une fois
» profondément, il s'endormit dans la paix
» du Seigneur (1). »

— Sa vie a été bien éprouvée, dit Catherine : haine des hommes, persécutions,
pauvreté, douleurs de famille, il a tout
connu. Anna, tu l'aimerais si tu savais tout

(1) Luther mourut à Eisleben, dans la nuit du 18 février
1546.

ce qu'il y avait, dans cette nature indomptable et hardie, de qualités charmantes de cœur. Quand une fois il était convaincu d'une vérité, rien ne l'effrayait pour la faire connaître ; il se montrait formidable aux pervers ; mais, dans la vie ordinaire, il avait la simplicité et la douceur candide d'un enfant.

La reine parlait encore, lorsque le marteau de la porte extérieure résonna fortement. Son regard interrogea bien vite Anna.

— Ce sont deux étrangers que j'attendais. Je vais les recevoir et les amener ici. Reste, ils ne te connaissent pas. D'ailleurs, ajouta-t-elle en parcourant Catherine de l'œil, à moins de vivre dans l'intimité de la reine d'Angleterre, à moins de la voir tous les

jours, on ne pourrait guère la soupçonner
sous ces vêtements obscurs. Reste, leur
entretien pourra t'intéresser ; il y en a
un qui est grand admirateur de la ré-
forme.

Catherine céda aisément à ces raisons.
Elle prit la lettre et y chercha de nouveaux
motifs d'attendrissement. Tout-à-coup elle
tressaillit. Son front se dressa convulsif et
inquiet. Sa respiration devint immobile,
elle écouta. . . . . Une pâleur de mort se
répandit sur son visage. Elle abandonna
sa chaise avec précipitation. Elle jeta autour d'elle des regards stupides à force
d'épouvante. Tout son corps tremblait. A
l'extrémité de la chambre était une porte,
elle essaya d'y arriver ; mais à mesure
qu'elle faisait un pas, ses jambes ployaient
sous elle. Le désespoir lui arracha un lamen-

table gémissement. Elle tendit ses bras
vers cette porte, les leva ensuite vers Dieu,
comme pour l'implorer. On s'avançait. Une
voix d'homme vint mourir à son oreille.
La terreur dompta sa faiblesse. En moins
de temps qu'on ne mettrait à le dire, elle
se fut élancée vers la porte et eut disparu,
oubliant la lettre sur Luther.

Quand Anna introduisit les étrangers
dans cette chambre solitaire, ses yeux
cherchèrent en vain la royale affligée; elle ne
l'y trouva plus. La lettre était sur le plancher; Anna la ramassa et la mit dans son
sein, non sans avoir auparavant jeté un
regard rapide sur la suscription pour
voir si elle était adressée à la reine; elle
ne l'était pas. Tranquille sur ce point, la
jeune femme sourit intérieurement des
frayeurs de son auguste amie et ne douta

pas que Catherine n'eût passé dans l'autre
pièce qui communiquait par un corridor
avec celle où était son serviteur, et qu'elle
ne se fût retirée par une issue qui était
sur la rue: un léger bruit, qu'elle entendit,
vint à l'appui de cette supposition : alors
elle s'occupa de ses hôtes. Les deux étrangers étaient enveloppés de manteaux
bruns. Un seul prit place en face d'Anna,
à l'un des côtés de la cheminée, où brillait
un feu vif; c'était sir Huntley. Quant au
moine, il se mit à distance et dans la partie
la moins éclairée de la pièce à côté d'une
fenêtre. Sir Huntley pria la jeune femme
d'excuser son ami, affecté d'un mal de tête
violent ; ce qui l'obligerait peut-être à rester silencieux toute la soirée. Il avait en
outre les yeux si fatigués de lectures, qu'il
redoutait la lumière et la fuyait avec autant de soin qu'il en mettait à chercher

un peu d'air. Anna, se trouvant avec un
luthérien, parla tout naturellement de la
mort du réformateur.

— Cette mort est douce, proféra la
jeune femme.

— Il est plus d'une créature qui pourrait la lui envier, dit à son tour sir Huntley
avec un accent particulier. Ce fut d'un
ton confiant qu'il ajouta : Vous aussi,
madame, vous rendez un culte de respect
à notre docteur.

— J'honore l'homme de toute mon
âme; il s'est élevé par le calme et la fermeté à une grande hauteur; il s'est mon-
tré bon, intrépide, sincèrement dévoué à
l'humanité de nos temps; mais je dé-
savoue plusieurs points de sa doctrine. Lui-
même n'avait pas toujours conscience de

sa mission ; il lui a manqué pour consolider son œuvre la foi suprême, inébranlable en lui. Dès son début, il apparaît timide et peureux : sa parole est sans autorité ; elle est troublée, incertaine, tumul-
tueuse comme sa pensée (1). Voyez-le en
présence de ses juges, au conseil de la
diète impériale, il fait presque l'aveu que
dans ses livres de controverse, il est allé
trop loin : « Je veux bien me laisser ins-
»truire pourvu qu'on me donne le temps
» d'y penser (2). C'est de la bonne foi, c'est

(1) « Qu'étais-je, pauvre misérable moine, pour tenir
» contre la majesté du pape, devant lequel les rois de la
» terre, que dis-je ? la terre même ; l'enfer et le ciel trem-
» blaient ? Ce que j'ai souffert, la première et la seconde
» année ; dans quel abattement, non pas feint et supposé,
» mais bien véritable, ou plutôt dans quel désespoir je me
» trouvais, ah ! ils ne le savent point ces esprits confiants,
» qui depuis ont attaqué le pape avec tant de fierté et de
» présomption. »   *Mémoires de Luther*. MICHELET.
   (2)   — *Ibid*. — *Ibid*. —

une candeur fort estimable assurément;
mais avec ce doute mis à découvert, on
place toute intelligence au niveau de la
sienne. Luther n'a jamais été pompeux
comme Moïse, un peuple, saisi de sa majesté terrible, ne s'est jamais prosterné à
ses pieds; les éclairs du Sinaï n'ont pas
illuminé son front d'une couronne de
flammes. C'est un homme qui cherche la
vérité et qui la dit. Plus tard, il s'affermit
dans le christianisme pur; pourtant il dé-
vie quelquefois de la conviction voulue.
La doctrine fléchit alors d'une manière ef-
frayante. Voyez-le dans l'épanchement
familier, il doute de la sagesse de Dieu (1).
Les Pères de l'Église, il faut bien en convenir, parlaient autrement de ce Dieu.

(1) « Il ne serait peut-être pas bon que nous fissions tout
» ce que Dieu commande : car sa divinité s'y perdrait ; il se
» trouverait menteur. »

Mémoires de Luther. MICHELET.

Si Anna avait pu suivre l'effet de son ouverture religieuse sur le visage du moine, elle y aurait vu bien de la satisfaction. Probablement il pensait comme elle : toutefois la conclusion sembla moins lui convenir.

Anna continua : ›

— Le réformateur avait d'ailleurs les passions communes à tous. La beauté de la femme séduisait son regard, la discussion le trouvait cynique de grossièreté et de violence ; lui-même convenait qu'il était sensuel, paresseux, enclin à de sauvages emportements. Aucun fondateur de religion ne s'est manifesté avec cette candeur ; tous ont soigneusement caché les faces obscures et souillées de leur humanité ; ils ont voulu la divinisation. Quelques uns ont vraiment été sublimes, les hom-

mes, par exemple, dont le christianisme et
le catholicisme se glorifient à juste titre.
Méprisant toutes les délices mondaines,
laissant aux faibles les plaisirs de la chair
et les douceurs étroites de la famille et
du foyer, ils restaient chastes, ils restaient
solitaires, pour appartenir réellement à
tous. Ils ne prenaient la terre que pour
un désert d'expiations, d'où ils ne sorti-
raient qu'à force de grands travaux, et
après avoir vaincu et terrassé le mal : leur
volupté était la force.

— Vous avez du penchant pour les
hommes des anciens jours, remarqua sir
Huntley ; ce qui vous rend injuste envers
le réformateur. Sa vie n'a été qu'une longue et sincère méditation. Aurait-il pu
faillir ?

— Oh ! sans doute il a failli !

— En quoi, madame ?

— Vous oubliez que Luther a exalté la *grâce*.

— Madame, vous niez la *grâce !* Saint Paul et saint Augustin l'ont consacrée.

— Mais Pélagios l'a combattue de toute la fermeté de son haut caractère. Qu'est-ce donc que cette *grâce* dont vous faites tant de bruit ? un esclavage subtilement établi, une abolition évidente de la loi morale et de la conscience. L'homme n'étant pas libre, ne saurait avoir la responsabilité de ses actes. Direz-vous à celui dont les bras sont chargés de fers, d'utiliser ses bras ? La volonté de faire ne doit pas être confondue avec la puissance de faire. J'ai bien la volonté, mais la *grâce* m'est refusée, et je ne puis rien. C'est à Dieu qu'appartient le tort, non pas à moi. Ce quelque chose d'effrayant que les anciens divinisaient sous le nom de *fatalité* est bien près de ressembler à la *grâce* des modernes. Quand donc cessera-t-on de se mettre à genoux devant le passé ?

— Priez, dit sir Huntley, et la *grâce* ne vous sera pas refusée.

Et si je n'ai pas la *grâce* de la prière ? Oh ! ce que la *grâce* fait de l'homme est humiliant !

— La *grâce* lui rappelle qu'il n'est par lui-même qu'impuissance et vanité.

D'autres questions s'élevèrent. Anna mit à les traiter une originalité moqueuse et son dédain des petits ménagements. Elle nia les six articles de foi, elle prétendit que la *Bible* devait être pour les hommes intelligents du siècle, ce qu'avait été Homère pour Platon, une œuvre de poésie ou de morale, non une œuvre inspirée. Sir Huntley déploya une rudesse emphatique et quelquefois empreinte de colère pour la réfuter.

— Le bon sens est impitoyable comme le fanatisme, lui dit Anna; seulement le bon sens ne fait point allumer de bûchers.

— Ce que vous appelez le bon sens pourrait être qualifié par quelques uns d'hérésie.

— Eh ! l'hérésie est partout.

Malgré l'entraînement de cet entretien, la jeune femme ne pouvait se défendre d'une émotion secrète à l'aspect de ce moine immobile et mystérieux qui, toujours à

l'écart, la tête baissée et ensevelie dans
son capuchon , prouvait néanmoins par
son maintien attentif qu'il ne perdait rien
de ce qu'on disait. Une fois il rompit le
silence pour aider la mémoire de son compagnon ; il dit un mot seulement, et ce
mot frappa Anna. Souvent, pendant la
discussion , elle·se tourna vers le muet
personnage pour en appeler à son appro-
bation ou à son blâme; mais, soit qu'il dé-
daignât de parler de nouveau , soit qu'il
eût des raisons secrètes pour ne pas le faire,
il continua à ne se mêler ostensiblement de
rien. La curiosité d'Anna allait s'accroissant
de cette retenue bizarre ; cette figure sor-
tirait-elle de l'ombre où elle se tenait ca-
chée? N'y avait-il aucun moyen de forcer l'être inexplicable à oublier sa réserve?
Dans l'ardeur de l'opposition, elle cita
exprès à faux un passage de saint Augus-

tin. Sir Huntley la reprit; elle soutint qu'il
se trompait. Lui, se défendit avec hauteur.
Alors, sans dire un mot qui pût faire deviner son intention, comme emportée
par l'impatience, elle se leva rapidement,
prit une bougie et se dirigea du côté op-
posé à celui où était le compagnon de sir
Huntley; puis elle se détourna brusquement, avança de quelques pas et fit jaillir
la lumière dans le coin où s'abritait le
moine. Son attente fut trompée: le moine
avait écarté le rideau qui dérobait la fenêtre, et il semblait occupé à regarder
l'horizon, fort obscur en ce moment, et
où ne se montrait pas une étoile. Anna
ne laissa rien voir de sa contrariété, mais
elle se dit que cet homme se cachait; et
dans ces temps, c'était chose commune.
Poursuivant sa marche, elle passa dans
un cabinet voisin, et en rapporta un livre

qu'elle présenta à sir Huntley. Il chercha
la citation qu'il venait d'incriminer; et
triomphant avec la naïveté d'un écolier,
il la montra à la jeune femme, exprimée
dans ses termes à lui.

— C'est une faute d'impression, dit-
elle, sans paraître le moins du monde
convaincue ou seulement déconcertée; je
suis sûre de moi.

— Madame, vous n'y pensez pas, vous
voulez rire.

— Rire! Ce fut de toute la hauteur de
sa taille qu'elle se dressa en signe de pro-
testation. Moi, rire des hôtes honorables
que je reçois dans ma maison! c'est me
supposer de bien indignes sentiments. Je
soutiens la vérité de mon assertion sans
préjudicier en rien au respect que je dé-

sire vous témoigner. Ce livre a été imprimé par des hommes, et les hommes se trompent souvent, vous m'accorderez cela du moins.

— L'entêtement ne vous manque pas, madame! s'écria le mystérieux personnage, comme au bout de son rôle de patient.

Anna retint un mouvement de surprise. Certainement elle avait entendu cette voix ailleurs, et dans une circonstance solennelle. Toutefois, elle répondit à la brusque accusation :

— C'est de la franchise, monsieur; nous sommes tous trois des campagnards peu façonnés au dire élégant et trompeur des cours, et nous exprimons notre opinion avec une rudesse honnête. Si, au moins, nous avions un livre différent de celui-ci, où le passage fût cité par exemple, nous pourrions éclaircir notre doute.

— Prenez *l'Érudition du chrétien*, dit froidement le moine; cette citation y est tout entière.

— C'est un livre honoré par bien des respects, remarqua sir Huntley, sans qu'il fût possible à la jeune femme de deviner s'il parlait dans le sens du sarcasme.

— Le roi, dit-elle à son tour, est le premier théologien du monde, le maître absolu des consciences. Mais voyons son œuvre, *l'Érudition du chrétien.*

Quand Anna eut trouvé le livre, elle le remit au moine, se flattant sans doute qu'il s'approcherait de la lumière, et qu'elle pourrait le voir. Il ne changea pas de place; seulement il indiqua à sir Huntley la page

où il fallait chercher. Sir Huntley plaça le
livre ouvert devant Anna afin qu'elle-même
pût voir son erreur. Anna avança les yeux
sur le livre, et dit avec une inexprimable
assurance :

— Le roi s'est trompé aussi.

— Oh ! pour le coup, dit le moine, c'est
de la mauvaise foi.

— Dois - je accepter cette flétrissure,
mon père? et, de votre part, est - elle
vraie ?

— En doutez-vous, madame?

— Nous voilà donc ennemis franchement avoués? Et pourquoi? pour un mot :
la chose, en vérité, n'en vaut guère la
peine.

Sir Huntley prit la parole :

— Est-ce avec ce mépris qu'une noble dame de l'Angleterre doit parler des livres saints? Ce que les hommes les plus éminents respectent, une femme peut le respecter aussi.

— Si les hommes éminents se trompent, il peut être permis à une femme de suivre ses lumières naturelles. Se tournant vers le moine : Vous, mon père, qui avez employé une partie de votre vie d'homme à des études sévères, ne pourriez-vous redresser mon jugement et m'enseigner cette vérité que je cherche bien sincèrement?

— Merci de Dieu! madame, vous renieriez ma science comme vous reniez celle des livres!

— Peut-être bien, répondit Anna avec une lenteur volontaire. Elle sembla réfléchir.

— Oh! dit le moine, vous avez tout
l'orgueil de la première femme.

— Et j'aurai son sort, proféra-t-elle
d'une voix profonde; c'est là ce que vous
n'osez me dire.

— C'est du moins ce qu'on peut penser,
répondit-il avec rudesse.

Elle regarda vivement cet homme. Oubliant ses précautions, il avait le visage
presque découvert et avancé hors de la
nuit où jusqu'alors il s'était tenu. Ce ne
fut pas sans horreur qu'Anna retrouva sur
ces traits la gaieté féroce de Henry VIII.
Elle eût, sans doute, trahi sa découverte,
si, depuis un instant, elle ne s'y fût préparée et qu'elle ne l'eût brusquée, impatiente qu'elle était de savoir. Sa destinée
s'accomplissait tout entière en ce moment;

elle le sentit, et demeura d'abord froide,
épouvantée. Le roi l'observait. Elle rencontra ses yeux méchants et son sourire brutal.
Une expression de dédain y répondit. Alors
elle se releva de sa chute, elle prit cœur au
rôle qu'elle n'avait pas cherché ; elle plana
au-dessus de la peur, au-dessus de la puissance de cet homme, au-dessus de la mort
qu'il lui réservait sans doute. Il lui restait
une joie mélancolique à savourer, celle de
faire entendre quelques vérités au bourreau de l'Angleterre. Sa première parole
fut un défi :

— Si vous étiez un courtisan de
Henry VIII, mon père, je comprendrais
votre indignation : il ne veut pas qu'on
pense. Mais, comme tout ce qui se respecte, vous vous tenez loin de l'idole ;
vous prisez plus votre honneur que les va-

nités puériles dont il paie la servilité.

— Madame, ce langage....

— Va si bien au fils de Henry VII! Votre ami est d'ailleurs un homme incapable d'une bassesse. Nous sommes entre nous, parlons sans gêne.

— Mais, Madame, dit sir Huntley en s'agitant sur sa chaise, vous oubliez que tout sujet doit le respect à son souverain.

— Quand le souverain est là, oui, c'est une impérieuse nécessité ; mais quand il est absent, on peut soulager son cœur du mépris et de la colère. Qu'y a-t-il donc à admirer dans Henry VIII? je vous le demande sérieusement. A quel acte grave de sa vie a-t-il mis autre chose qu'un emportement brutal et de l'obstination?

Jamais de sagesse; jamais de vues solides,
étendues, supposant un grand caractère.
Le caprice du moment fait la destinée de
l'État. Pauvre peuple! Et son devoir est de
se prosterner bien bas devant les fantaisies
d'orgueil, de cupidité et de sang qui passent par la tête de ce fou! Elle s'adressa
particulièrement au moine, qui de nouveau
s'était réfugié dans l'ombre : Connaissez-
vous un homme, pris dans les derniers rangs
du peuple, qui eût diffamé publiquement la
femme de son amour, et qui l'eût livrée à l'é-
chafaud? Voilà ce qu'a fait Henry, deux fois.
Elle sourit. Deux épouses chassées de leur
couche, deux autres juridiquement égor-
gées! Beau spectacle! Il est vrai que, pour
l'une d'elles, Henry, dans sa miséricorde, fit
venir d'outre-mer un bourreau fort adroit.
La belle condamnée ne devait pas trop

souffrir, sa tête devait être bien coupée (1).

Sir Huntley voulut répondre. Le roi lui imposa de la main.

— Continuez, madame, dit-il à Anna d'une voix qui eût fait frémir toute autre; on s'instruit à vous entendre.

— N'est-il pas vrai, mon père? Parler des extravagances inouïes, des hauts faits du souverain de l'Angleterre, c'est presque être inépuisable. Elle poursuivit avec ironie: Il avait bonne grâce, ce roi libertin, de faire du vœu de chasteté un article de foi ou une condition de mort. La foi de Henry VIII! c'est chose divertissante, vous en conviendrez, sa foi religieuse surtout. Je n'en veux pour preuve que les deux livres:

(1) Le bourreau fut appelé de Calais à Londres pour trancher la tête d'Anne Boleyn.

l'*Institution du chrétien*, puis l'*Érudition
du chrétien*. Chacun a été imposé à son
tour. — Peuple anglais, race stupide et
abjecte, crois à cela ou je te fais couper
la tête. — Mais votre Majesté m'avait com-
mandé de croire à toute autre chose. —
Ma Majesté a changé d'idée, et le bon
plaisir de ma Majesté doit être la religion
de tous. Ne suis-je pas de race divine en
ma qualité de roi? Si vous n'êtes pas con-
tents, hommes de boue, il y a des bûchers
et des haches. — Sire, je crois! s'écrie la
foule énergiquement convaincue. — A la
bonne heure, dit l'apôtre satisfait. Ce grand
roi a tellement peur de la pensée de ses
sujets, qu'il ne permet *la Bible* qu'aux
gentilshommes et aux commerçants; encore leur est-il prescrit de faire cette
lecture avec *tranquillité et bon ordre.* Quant
aux autres créatures humaines de l'Angle-

terre, elles ne doivent pas savoir. Henry se
flatte de gouverner plus facilement des
brutes que des hommes. Comme tous ceux
qui l'ont précédé, il s'immole des générations. On n'a d'ailleurs jugé que cinq cents
Anglais (1) capables de lire *la Bible* traduite
dans leur langue. Le misérable! A bien y réfléchir, qu'attendre du père qui, de sa propre autorité, entache ses filles de bâtardise?
Encore une fois, sir Huntley fit un mouvement. Un nouveau signe du roi contint
ce beau zèle. Anna continua : Non content
d'étouffer l'intelligence de ses sujets, il les
vole avec une impudence dont lui seul est
capable. Vous n'avez point oublié certain
emprunt devenu mémorable par ses suites.
D'abord le roi rendit quelques sommes;
puis il lui prit une saillie d'avarice et de

(1) Il n'y eut que 500 exemplaires imprimés de cette Bible.

mauvaise foi, qu'il consacra par le bill
de 1544. Non seulement il s'affranchit,
comme un brigand, de sa dette, mais
il exigea que l'argent déjà rendu revînt
à son échiquier. Eh! voyez-le, disgra-
ciant le cardinal Wolsey, grand ministre
pourtant, et le dépouillant avec cynisme.
C'est le palais de Wolsey (1); ce sont ses
tapisseries de drap d'or et de drap d'argent;
ce sont encore ses mille pièces de toile de
Hollande; c'est sa vaisselle d'or et d'argent;
c'est tout son luxe, tout son orgueil qui va
briller chez son infâme héritier. Le palais
de Henry VIII a vu des tragédies, des farces;
Henry est lui-même un comédien fort varié.

— S'il était là, parleriez-vous dans ce
sens? demanda le moine avec une tranquille curiosité.

(1) York-Place depuis Whitehall.

— Pourquoi pas, mon père? je n'ai qu'une vie à perdre.

— Mais il y a mille manières de la perdre.

— Oui, on peut mourir violemment et dans toute la beauté de la jeunesse et de l'intelligence; on peut aussi mourir infirme, épuisé de cœur et de vie, n'ayant plus que d'ignobles besoins.

— Avez-vous entendu parler du sort de Lambert?

—Oh! sans doute. Il avait des idées à lui, le maître les lui fit passer. On dit que rien n'était plus burlesque et plus effrayant que cette discussion théologique du monarque et du sujet. Ne savait-on pas comment elle se terminerait? J'ai vu aussi des catholiques allant au bûcher avec des lu-

thériens; les uns et les autres étaient bien
moins occupés de la mort que du supplice
que leur causait la vue des hommes en
compagnie desquels ils allaient la subir. Sa
gracieuse Majesté Henry VIII ne néglige pas
les petits détails, son génie se prête à tout.
Qui sait? peut-être voulait-elle distraire
leur esprit du formidable dénouement?
C'est un prince d'une si rare miséricorde.

— Vous souvient-il d'avoir vu Henry VIII?

— Une fois.

— Peut-être l'avez-vous vu deux fois.

— Cela se pourrait bien.

— Croyez-vous qu'il sanctionnerait votre
langage?

— Je ne le pense pas, mon père; mais
vous n'êtes pas un délateur et je n'ai rien
à craindre.

— Vous attaquez la doctrine enseignée par le roi, dit sir Huntley; et le roi, vous le savez, est le chef suprême de la religion; vous insultez sa personne inviolable; pour tout Anglais, il y aurait trahison à se taire.

— Mais vous n'êtes pas Anglais, le digne religieux ne l'est pas non plus. Elle prit un air d'humilité : Faut-il me rétracter, mon noble Seigneur? Faut-il dire que tout cela n'était qu'une plaisanterie imaginée pour vous faire passer le temps avec moins d'ennui? je le veux bien.

Le moine posa le doigt sur son front, puis il la regarda d'un air étonné.

— N'êtes-vous point le diable?

—- Le diable est plein de ruses, et moi je n'ai que simplicité et bons vouloirs.

— Et vos bons vouloirs lui feraient un bagage très convenable et très lourd.

— Si votre Honneur y ajoutait les siens peut-être.

— Cette femme est d'une audace! Et de ses yeux méchants, Henry lui demandait l'explication de ses paroles.

VIII.

Une Reine à sauver.

> J'ai vécu, et je n'ai point vécu en vain : mon âme peut perdre sa force, mon sang son ardeur, et mon corps peut périr en domptant la douleur ; mais je porte au-dedans de moi ce que ne peuvent lasser ni le temps ni les tortures, ce qui me survivra quand je rendrai le dernier soupir, quelque chose de surnaturel dont ils ne se doutent pas.
>
> *Byron.*

Un jeune garçon, qu'Anna avait amené du Lincolnshire et qu'elle avait à son service, lui apporta un papier écrit et plié en quatre. A la question qu'elle fit pour savoir ce qu'était ce papier, Robert répondit que

c'était celui qu'elle avait inutilement cherché le matin. Elle eut assez de présence
d'esprit pour ne témoigner aucune surprise
et même pour retenir sa curiosité, car ce
papier lui était étranger; et, sans qu'elle
pût s'en rendre compte, il l'effrayait : elle
sentait qu'il devait contenir quelque chose
de funeste. D'avance elle se promit d'être
ferme et de ne rien laisser voir de ses orages intérieurs. Cette disposition bien arrê-
tée, elle se disposa à lire. Mais les yeux de
Henry la suivaient, et ils lui causaient un
tourment infini. Enfin après avoir engagé
le roi dans une controverse sur le pape,
elle ouvrit le papier sans empressement
apparent, et sentit ses yeux obscurs et sa
bouche amère en reconnaissant l'écriture
de Catherine. C'était par David qu'elle s'ex-
primait : *Les superbes ont caché les piéges
qu'ils me dressent, ils ont tendu leurs*

filets, ils ont ouvert des précipices dans la voie où je marche. La reine n'était pas sauvée ! la reine était encore là, tout près de l'homme qu'elle redoutait le plus ; un mouvement pouvait la perdre !... Pourquoi n'avait-elle pas fui ? Quel danger l'avait forcée à rester dans cette retraite si peu sûre ? Ce danger existait sans doute encore. Pressée d'horreur et d'étonnement, Anna ne s'apercevait pas que le roi avait cessé de parler et qu'il la contemplait froidement.

Dans son angoisse, elle serait tombée aux genoux de tout autre homme, elle lui aurait demandé grâce ; mais l'homme qu'elle avait en face d'elle était Henry VIII. — Que mon orgueil ne perde que moi ! s'écria-t-elle au fond de son âme. Tout-à-coup elle fut frappée du silence qui se faisait autour d'elle, et son alarme secrète

devint intolérable. Elle rencontra le regard
de Henry fixé sur elle. Ce regard la fascina,
tant il y avait de curiosité, de pénétration
et de haine. A mesure qu'elle en subissait
l'exécrable influence, la terreur engour-
dissait toutes ses facultés. Elle n'avait
qu'une sensation; mais nette, mais incisive
et dévorante, c'était le péril de la reine.
Sous quel prétexte la voir promptement ?
Comment échapper aux soupçons de Henry ? Le trouble qu'elle venait si imprudem-
ment de montrer avertissait sa défiance;
il savait maintenant qu'elle lui cachait
quelque chose. Si au moins elle pouvait
l'entraîner à quelque nouvelle controverse,
mais rien ne lui venait à l'esprit; son impuissance était complète. Une fois, elle
saisit comme un gémissement. Ses yeux se
tournèrent inquiets vers la porte, les yeux
de Henry accompagnèrent les siens; par-

tout elle les voyait assidus, impitoyables.
Epuisée de souffrance, elle prit froid au
cœur, et comme l'Ugolino de Dante, elle se
sentit en dedans devenir de pierre (1).

Las peut-être de son personnage effrayant, Henry lui parla d'un ton doux et
simple. Elle crut faire un rêve. Quel était
son dessein ? Il en avait un sans doute.
Henry menaçant était moins à craindre.
Se dégageant de son immobilité, appelant
toute sa force à son secours, elle s'enve-
loppa de nouveau d'une apparence de
calme, et redevint la femme impénétrable
et sûre d'elle-même.

— Vous étiez émue ? lui dit le roi que
ce changement avait surpris.

— Ces lignes, répondit-elle, m'ont remis

(1) Si dentro impietrai.

à la mémoire une créature si malheureuse,
que je n'ai pu me défendre d'un sentiment d'horreur.

— Vous avez une sensibilité rare !

— Ah ! je l'ai vue tant souffrir ! Quand
son image est sous mes yeux, j'ai peur de
tout.

Le roi demanda l'heure ; et apprenant
qu'il serait bientôt sept heures, il parut
disposé à se retirer. Anna sentit une sueur
de glace à l'idée de ce départ. Peut-être se
donnerait-il la joie de la faire arrêter sous
ses yeux, et alors que deviendrait la reine ?
A un signe du roi, sir Huntley ouvrit la
croisée et regarda le ciel. De blanches
lueurs en éclairaient quelques espaces, et
allaient mourir dans les eaux noires de la
Tamise. Une barque se tenait immobile

tout près de la maison. Anna avança la tête et la vit. Que sir Huntley fît un signe, la barque était en mouvement.

La jeune femme affecta du frisson, elle se plaignit du froid ; et, sans donner à sir Huntley le temps d'exprimer une volonté, elle ferma la croisée ; puis, le prenant par le bras, et lui faisant doucement violence, elle le conduisit doucement à la chaise qu'il avait abandonnée. L'étonnement du courtisan eut quelque chose de si comique, que Henry partit d'un éclat de rire. Sans avoir l'air de se douter qu'elle eût contrarié une intention, Anna se mit à attiser le feu et tâcha bien vite d'occuper l'esprit impatient du roi.

—L'enfer me semblerait doux en ce moment, dit-elle ; et, si j'accueillais certaine prédication, il deviendrait mon éternelle demeure. Sa Majesté ordonne de croire à la présence réelle, cela est-il possible? Ils ne voient pas, ces hommes de chair, que la communion est un symbole d'union et de charité, un appel fait aux sympathies de celui qui a des biens terrestres pour celui qui n'en a pas. C'est encore un moyen de purification spirituelle. Chaque jour le sens des institutions religieuses s'efface; on ne voit que la forme matérielle, et cette forme, on la consacre, on la divinise.

Pendant que Henry entassait les citations et combattait chaleureusement cette audacieuse ouverture, Anna, tout en ayant l'air de lui prêter une attention profonde, rêvait au moyen de voir promptement Catherine. Depuis un moment sir Huntley, qu'elle soupçonnait être le chancelier Wriothesely, et quil'était en effet,

s'était placé en face de la porte qui renfer-
mait la reine. Cette porte soudainement
ouverte pouvait tout découvrir. Passer
par une autre pièce, c'était tenter la curiosité du roi. Qui répondait à Anna qu'en son
absence il n'envahirait pas la retraite de
Catherine, et qu'il ne les surprendrait pas
ensemble? Elle se perdait dans une foule
de craintes et de résolutions abandonnées
tout aussitôt. Deux coups d'autorité frappés à la porte firent lever la tête aux trois
interlocuteurs. Les raisons qui empê-
chaient Anna de s'éloigner étaient d'une
nature trop grave pour qu'elle pût les oublier, elle resta donc. Un homme, de belle
et sereine figure, entra suivi de M. Kyme.
Cet homme, parent de la mère d'Anna,
était prêtre catholique; et sa tolérance et
sa piété sincère honoraient l'église dont
il était ministre.

Anna se leva impétueuse et ne put se
défendre d'un mouvement de surprise hautaine, en voyant ce mari, qui l'avait chassée
de sa maison, forcer en quelque sorte l'asile
qu'elle s'était choisi. Pourtant le respect
que lui inspirait M. Norris l'empêcha de
donner à son mécontentement une expression avouée.

—Je vous présente un mari fort disposé
à l'affection, dit tout bas M. Norris.

Elle regarda M. Kyme, et lui trouva un
air si honteux, si embarrassé, qu'elle devint généreuse et lui tendit la main. Le prêtre et le mari repentant prirent place près
du feu, après avoir salué le moine et son
compagnon. Le premier s'était reculé pour
faire place au nouveau venu, et il avait
abaissé son capuchon. M. Norris se trouva
à côté de lui. En ces temps de scepticisme,

toute réunion s'animait de controverses religieuses, et l'audace était grande pour défendre ses convictions. Anna tremblait que M. Norris ne s'engageât sur le terrain perfide de la discussion avant qu'elle eût pu lui dire le nom de ses hôtes. La foi enthousiaste et courageuse du prêtre, son désir de ramener des âmes à l'Église romaine, justifiaient bien les craintes de la jeune femme. Après quelques mots polis, mutuellement échangés, le roi, bien certain qu'il n'était pas connu, mit le prêtre au fait de l'entretien : c'était pour lui se donner tout à la fois le plaisir de faire briller le savoir dont il était vain, et de sonder l'âme de cet homme. Le prêtre parla à son tour, et Anna frémit. Ne pouvoir dire à cet être abusé : L'homme qui est devant vous est Henry VIII, c'était une inexprimable torture. Chaque fois que le

prêtre s'arrêtait, elle était tentée de lui
crier : Assez! assez! Ce qu'elle redoutait
surtout, c'était que, malgré son admirable
charité, il ne parlât de Henry VIII. Et comment en parler sans mépris? Il était nécessaire aussi qu'elle avertît M. Kyme; mais
elle appréhendait la violence de ce caractère. Une fois il lui avait demandé le nom
de ces deux hommes. — Je vous le dirai
plus tard, lui avait-elle répondu. N'appelez
pas leur attention. Anna enfin s'approcha de
la cheminée pour arranger le feu et fit
rouler une énorme bûche enflammée sur
la natte qui couvrait le plancher.

— Maladroite! murmura M. Kyme,
fidèle à ses habitudes de mari.

— Venez donc réparer ma sottise, lui
dit-elle.

Pendant qu'il relevait la bûche et la re-

plaçait dans le foyer, à l'aide des pincet-
tes, Anna, penchée vers lui, et sûre que le
moine ne l'observait pas, lui recommanda
la prudence et lui apprit que ce moine
était Henry VIII. M. Kyme fit d'abord
un mouvement terrible.

— C'est bien de vous, remarqua-t-il
amèrement. Toujours votre orgueil.

— Tâchez d'instruire M. Norris, répliqua Anna avec douceur.

— Lui ! s'il l'apprend, il sera plus hardi
encore : la rage du martyre est la sienne.

— Reprenez votre place; je vais faire
apporter des rafraîchissements. Une cause
de la plus grave importance m'oblige à retenir le roi quelque temps. Votre sûreté
même y est intéressée.

Cependant le roi discutait, argumentait, opposait les subtilités de l'école à la haute et fervente piété du prêtre. Anna recommanda une fois encore à M. Kyme, fort effrayé au fond de l'âme, de faire tout pour avertir M. Norris.

— Je vous dis qu'il s'entêtera, répondit M. Kyme avec humeur; c'est un beau parleur aussi.

Anna, faisant trêve à ses inquiétudes présentes, alla dans la salle où elle pensait trouver Robert; il y était en effet avec deux domestiques étrangers : tous trois jouaient paisiblement aux cartes. Le premier soin d'Anna fut d'ordonner à Robert de porter des rafraîchissements dans la pièce où étaient ses hôtes; ce qu'il fit tout aussitôt. Sous le prétexte de chercher une clef qui lui manquait pour donner du vin de France et du vin des Canaries, elle prit un flambeau et entra dans la pièce où devait être la reine. Elle trouva la malheureuse prosternée sur la pierre et le front appuyé contre la muraille. Au bruit que fit Anna en entrant, Catherine tourna vers elle son visage effrayant de pâleur. Anna lui prit la main, et l'entraînant au fond de la chambre, du côté de la rue, elle lui demanda de sa voix la plus basse pourquoi elle n'avait pas fui.

— La maison est surveillée, repondit la reine.

— En es-tu bien sûre?

Catherine sourit douloureusement. Ce fut là sa réponse. Anna posa avec précaution une chaise contre la muraille; et, montée dessus, elle regarda à travers une petite

fenêtre placée très haut. Des hommes armés
se promenaient en effet le long de la maison.

— Nous sommes perdues! proféra Catherine, que le silence d'Anna remplissait
d'épouvante; et des pleurs muets coulèrent sur ses joues. .

Un geste d'Anna l'avertit de la laisser
libre de se recueillir. La reine se croisa
les bras et attacha son regard sombre à
la figure de son amie. Il s'écoula quelques
minutes d'attente solennelle. Anna, qui
avait tenu les yeux baissés pendant sa méditation, les leva enfin sur Catherine.

— Tu sais te contenir, et tu l'as prouvé.
Eh bien! dans une heure la flamme dévo-
rera ce toit; et à la faveur de la confusion
et du bruit, un prêtre te sauvera. Ne te
confie qu'à lui. Il s'appelle Norris.

— C'est un moyen terrible.

— Je n'en connais pas d'autre.

Anna écrivit rapidement quelques lignes destinées à M. Norris :

« Le feu va détruire cette maison. Ne
» vous indignez pas ; elle est solitairement
» placée, et mes intérêts seront seuls com-
» promis. Quand le cri d'alarme sera jeté,
» quand la foule accourra, passez dans la
» pièce qui conduit sur la rue, et protégez
» de votre bras une femme chère à toute
» l'Angleterre. Regardez bien le moine,
» c'est Henry VIII. »

Une étreinte silencieuse plaça les deux
femmes sur le cœur l'une de l'autre. Anna,
son flambeau à la main, parcourut un corridor, monta quelques degrés de chêne ;
et poussant le verrou d'une porte, elle en-

tra dans une petite pièce remplie de gros
bois et de branches mortes; elle mit le
feu aux plus petites et descendit, le cœur
fortement oppressé. Quand elle revint
dans la salle où étaient ses hôtes, ce fut
d'un air gracieux. Robert la suivait en
apportant deux flacons de vin. Elle s'ex-
cusa, sur la perte d'une clef, d'être restée
absente plus que la civilité ne l'autorisait.
Son ton parfaitement naturel trompa
Henry lui-même. Épiant un moment où
le roi savourait son vin des Canaries, elle
montra un manuscrit à M. Norris et y
plaça adroitement le billet; il le lut et le
brûla tout aussitôt. Puis il reprit avec le
roi une discussion commencée sur l'excellence du catholicisme.

— Vous niez la religion des pères, c'est
bien de la folie. Ému des misères de ce

monde, un Dieu abandonna les joies infinies, et vint au milieu des créatures
accomplir un sacrifice auguste. Revêtant
sa divinité d'un corps périssable, il abandonna ce corps aux outrages, et plus tard
à la mort. Avant de retourner à son père,
il laissa tomber comme une pure et fraîche
rosée la parole fertilisante : *Aimez-vous*.
C'était donner un frère à tout ce qui souf-
frait, c'était faire de tous les hommes une
grande famille. Le catholicisme est né de
Jésus-Christ. Et, comme il parle tout à la
fois aux deux natures de l'homme! Pre-
nons un malheureux déshérité du bien le
plus vrai, la foi. Sa jeunesse, tristement
évanouie, le dispose à la méditation; les
fins mystérieuses de la créature agitent
son âme, il s'inquiète de l'éternité. Les
plaisirs de la terre l'ont laissé sans ressource intérieure : il ne trouve au dedans

de lui qu'épuisement et amertumes lugu-
bres. Pour peu qu'il remue ses souvenirs,
le repentir en sort bien humble et bien
avide de réparations. Qu'a-t-il fait de sa
volonté? N'est-ce pas contre des fantômes
qu'elle s'est constamment exercée et
qu'elle a succombé enfin ? Mis hors de
combat par ses chutes fréquentes, il doit
abdiquer un orgueil insensé, et soumettre
ce qui reste de l'homme à une sagesse
ferme et capable de le maintenir dans la
voie où le pousse une déplorable expé-
rience. Le catholicisme l'appelle et met
fin à ses angoisses. Là des temples magnifiques, des rits solennels, un culte poétisé
par l'enthousiasme des peuples et le génie
des artistes; une loi sévère; immuable, qui
interdit l'examen, qui dompte toutes les
révoltes de l'esprit, et commande le sacrifice des vains enchantements et de tout

ce qui n'est pas solide; loi de pureté qui
tend à perfectionner l'âme et à l'affranchir
de l'esclavage du corps. On a reproché au
catholicisme de poser des bornes à l'intelligence, d'être hostile à la vérité. Qu'appelle-t-on l'intelligence? les vains efforts
de l'orgueil, toujours expiés par le mal
sombre de l'ennui et les déchirements du
doute. Qu'appelle-t-on la vérité? une connaissance que l'on doit renoncer à posséder
ici-bas, la connaissance de Dieu. Y a-t-il
folie plus déplorable? Comme s'il était
donné aux sens matériels de pénétrer dans
la région des âmes, entrevue seulement
par la foi! comme si l'abîme qui sépare le
fini de l'infini pouvait être franchi dès
cette vie! Créature d'un moment, tu veux
expliquer Dieu!

La majesté du prêtre avait prosterné

toutes les convictions. Henry, humilié de
la surprise faite à son orgueil, parla du
chef de l'Église romaine en termes violents
et injurieux.

— Eh quoi! dit le prêtre, les intérêts
de la terre auraient des représentants su-
prêmes, et les intérêts du ciel n'auraient
pas le leur!

La chambre se remplit subitement de
fumée et de clartés ondoyantes et vives.
Tous se levèrent avec précipitation et se
tournèrent du côté de la croisée. Anna d'une
main écarta les rideaux ; l'horizon était en
feu, et des cris profonds et rauques rem-
plissaient la maison.

— Est-ce à dessein, madame? demanda
Henry VIII à la jeune femme.

Elle sourit avec mépris.

—Monsieur Kyme, dit-elle à son mari en lui montrant le moine, sauvez le roi d'Angleterre; sa barque est là sous la fenêtre.

— Ah! démon! pensa M. Kyme qui goûtait peu cette mission.

— Vous, Robert, conduisez sa Majesté et ces messieurs jusqu'à la Tamise; hâtez-vous, le feu pénètre ici.

Les ordres d'Anna étaient précis et fermes. Quand le roi, soutenu par le chancelier et M. Kyme, fut sorti de cette chambre, elle entra avec M. Norris dans celle où était Catherine. Déjà l'on enfonçait la porte.

A un moment de là, Henry VIII et Wriothesely étaient emportés sur les eaux enflammées de la Tamise. La reine, secrètement reconduite chez une femme de la cour,

qu'elle avait quittée pour visiter Anna,
rentrait au palais presque en même temps
que le roi ; et Anna bien triste , mais tranquille sur le sort de Catherine, disputait
quelques débris aux flammes. Ce n'était
pas pour elle : ses jours appartenaient
maintenant à Henry VIII ; mais elle avait
une famille, des amis et des serviteurs
pauvres.

IX.

La Prisonnière de Newgate.

> Qu'est-ce qu'un jour ajouté à un au-
> tre peut apporter de joie, pour qu'on
> soit tenté de reculer l'instant de la
> mort?
>
> *Sophocle.*

> Soleil mystérieux, flambeau d'une autre sphère,
> Prête à mes yeux mourants ta mystique lumière!
> Pars du sein du Très-Haut, rayon consolateur!
> Astre vivifiant, lève-toi dans mon cœur!
>
> *A. de Lamartine.*

Par une après-midi de juin, la reine d'Angleterre s'abandonnait à de violentes inquiétudes. C'est qu'en ce jour même
Anna Askew comparaissait avec son mari
devant la Chambre des lords. A la douleur

que ressentait Catherine du jugement de
son amie, s'unissaient des appréhensions
pour elle-même. Anna était fière, hardie et
finement railleuse. Dans un moment d'impétueuse franchise, elle pouvait compromettre l'épouse de Henry VIII, sauf à verser plus tard des larmes de désespoir et
de honte. Désirant échapper à son effroi,
Catherine se mit à une tapisserie commencée depuis long-temps, et qui représentait les enfants de Médée offrant à
Creüse les présents funestes de leur mère.
Elle eut peur de son ouvrage. Sa tête se
pencha fatiguée et bien pâle. Perdue dans
sa rêverie, elle n'entendit pas le roi qui
s'approchait suivi de son nain. Quand elle
le vit entrer, ce fut avec peine qu'elle retint un cri. Henry VIII s'assit en face d'elle ;
et après un moment de repos, il lui dit :

— Vous aimez les nouvelles, cher cœur,

eh bien, je vais vous en dire. J'ai reçu une lettre de mon bon frère de France (1). Il est mélancolique, et sa santé est loin d'être aussi bonne que le désireraient ses peuples et ses amis. Cela me fait quelque peine. C'est un prince aimable que je distingue sincèrement de tous les rois, bien qu'il m'ait fait une petite guerre de corsaire, et qu'il ait toujours adoré l'idole de Rome. Il manque de lumières, disent les uns ; de fermeté, disent les autres : moi je lui dénie ces deux qualités à la fois. Il a passé sa vie à caresser les femmes, et à faire de la gloire bruyante et vaine ; aussi mourra-t-il sans avoir rien fondé de solide.

— La matinée a été belle, remarqua la reine, dans un moment où il respirait ; votre Grâce en a joui ?

(1) François Ier.

— Non, je me suis donné le plaisir d'écouter une hérétique. Vous la connaissez un peu, si j'ai de la mémoire. La reine redoubla d'attention à sa tapisserie. Henry VIII eut un de ses froids et impitoyables sourires. Laissez là votre aiguille, Catherine ; les murs de notre palais ne sont pas nus, rien ne presse.

— Vous m'avez tant de fois cité la femme dont parle le saint roi Salomon, que je désire la prendre pour modèle.

— C'est fort bien fait à vous quand je ne suis pas là ; mais quand j'y suis, j'aime mieux voir vos beaux yeux attachés sur moi que sur ces personnages de la fable. Ils sont insensibles, et moi, Kate, je vous aime. Montrez-moi votre doux visage ; je n'ai vu que des lords à la mine repoussante et à la langue perfide. Par sainte

Marie ! je m'intéressais presque à la folle
créature, quand je la voyais sous ces yeux
de vautour. Il resta silencieux un moment,
comme pour donner à la reine le temps de
parler. Mais vous ne me demandez pas ce
qu'elle a dit? Pourtant vous êtes quelque
peu intéressée à le savoir. Tout en prononçant lentement ces paroles, qui pouvaient être d'un sens si profond, Henry
faisait peser son regard soupçonneux et
accablant sur la reine.

— Je vous écoute, Sire, dit-elle.

— Avec plus de curiosité que vous n'ê-
tes disposée à en montrer, n'est-il pas vrai,
madame? Elle a parlé hardiment et beaucoup. Savez-vous qu'elle était liée avec
plusieurs femmes de haut rang? Toutes
sont loin d'être pures quant à la foi religieuse. Je me promets de vraies délices

des révélations de cette jolie effrontée,
car elle est jolie. Il y a plus d'une du-
chesse, et de plus grandes dames peut-être,
qui frissonneront bientôt dans leurs draps
de batiste.

— La femme est une créature faible qui
devrait trouver son appui dans la force
et la générosité de l'homme, hasarda la
reine.

— Ce que vous dites est plein de raison,
Catherine, mais il faudrait que cette créature faible se montrât soumise. Quand on
interrogera de nouveau la dame du Lincolnshire, je veux que vous veniez l'entendre, vous serez étonnée de son audace.
Elle fait suer nos lords de colère. Ils se
grattent tous la tête et ont l'air de gueux
sans courage. C'est une comédie qui vaut,

à mon sens, les plus beaux combats d'ours (1).

— Je supplie Votre Majesté de m'épargner un tel spectacle. J'ai connu Anna Askew honnête et heureuse jeune fille, je souffrirais trop de la voir hérétique et misérablement révoltée contre son souverain. Pauvre insensée !

— Peut-être que votre présence lui inspirerait quelque retenue. Il n'y a pas de catholiques qui aient plus insulté les lords que cette damnée. Aussi ne rêvent-ils que vengeances. Le mari a un fanatisme qui égale l'incrédulité de sa femme, mais il sait mettre des formes à sa défense ; c'est un peureux qui se taira à jamais. On le renverra dans son manoir. Savez-vous qu'elle

(1) Spectacles fort courus alors.

nie la présence réelle? Entendez-vous,
madame, ce que je vous dis : Votre amie
du Lincolnshire nie la présence réelle, et
vous m'écoutez froidement.

— Sire, je suis épouvantée.

— Notre lord maire lui a dit qu'un rat
qui mangerait une hostie consacrée serait
infailliblement damné. Au lieu d'applaudir à cette manifestation religieuse, elle a
souri insolemment, et s'est écriée : Pauvre
rat! Oh! l'iniquité passe toute borne. On
dirait que l'ante-christ est déjà sur la terre,
que les temps de désolation et d'impiété
prédits par la voix des prophètes, s'accomplissent sous nos yeux.

— A - t-elle compromis quelque personne de marque? demanda la reine avec
une fermeté d'intonation qui contrastait
avec sa pâleur.

— Ah! cela vous intéresse! je le savais bien. Henry laissa la reine sous le coup de l'inquiétude. Puis il reprit lentement : Elle s'est obstinée à taire ses complices d'impiété, mais la torture la rendra moins discrète.

Catherine se leva.

— Quoi! vous feriez torturer cette femme?

— Pourquoi donc l'épargner? Dieu a mis le glaive dans mes mains, je ne dois pas souffrir qu'il y reste inutile. L'hérétique nommera ses complices ou elle mourra.

— Est-elle encore libre?

— Voilà bien une question d'enfant! Elle est à Newgate, madame, sous de bons

verrous, et gardée par des yeux qui ne
s'endorment pas.

— C'est une femme, Sire, et le soin de
votre gloire demande peut-être que vous
soyez miséricordieux.

—Dites donc lâche, traître, sacrilége envers Dieu et envers les hommes. Quand
Jésus-Christ nous appellera tous à son
formidable jugement, il s'inquiétera bien
des délicatesses de corps d'une femme;
mais il me demandera compte à moi, roi,
de ce peuple tout entier dont ma tiédeur
aura provoqué la ruine.

— Cher sire, ne confondez pas la violence avec le zèle religieux. Jésus-Christ,
dont tout à l'heure vous invoquiez le nom,
a établi sa divine foi par la douceur. « La
» miséricorde et la vérité, a dit Salomon,

» gardent le roi, et son trône est soutenu
» par la clémence. » Torturer une femme !
Oh ! c'est une tentation du mauvais esprit !

— Reprenez votre aiguille, dit Henry
rugissant ; j'ai trop laissé de liberté à votre
folie, et plus d'une fois j'ai eu sujet de
m'en repentir. Vous n'avez pas la soumission commandée par l'Écriture ; vous n'êtes
pas cette femme appelée le *don de l'Éternel ;* vous êtes bien plutôt celle dont il dit :
« Il vaut mieux habiter sur un toit que de
» résider dans un palais avec une femme
» querelleuse. » Et je serais grandement
tenté de suspecter votre foi.... Ah ! une tentation du mauvais esprit !... Vous croyez
parler sans doute à cet âne de Luther qui
voyait le diable partout, et qui s'amusait à
lui jeter son encrier par la tête (1). Merci

(1) Mémoires de Luther.

de Dieu ! nous savons encore ce que nous disons, bien que notre barbe ne soit plus jeune !

La reine en avait trop appris pour rester oisive ; elle cherchait à qui elle pourrait sûrement confier le salut d'Anna Askew, lorsque M. Norris s'offrit lui-même. Il se chargea de gagner à force d'or les gardiens de la prison.

Certaine de la réussite du projet, Catherine employa tout ce qu'elle avait de forces, pour se donner l'apparence d'une tranquillité qui pût imposer à l'observation pénétrante et redoutable de Henry. La veille du jour de la torture, Anna devait, par les soins de la reine et de M. Norris, sortir de Newgate, et partir pour la France. Mais M. Norris fut soudain arrêté par les ordres de Henry, et Catherine resta seule

chargée des destinées d'Anna. Cette dernière avait reçu un billet qui l'instruisait
de la tentative projetée. Confiante en ses
amis, plus encore en la protection de
Dieu, elle employa la journée, qu'elle
croyait être la dernière de sa captivité,
à prier et à composer des hymnes. Quand
le jour fut près de s'éteindre, et que les
ombres descendirent dans sa prison, elle
s'assit au bas de sa fenêtre bien étroite et
haut placée, et regarda venir la nuit à
travers les barreaux de fer. Une étoile
brilla, vive et blanche au ciel; elle la
salua dans un pieux ravissement. Plus tard,
il lui fut impossible de garder du calme.
Ce fut à regret qu'elle alluma sa lampe;
il lui semblait que c'était se condamner
elle-même à ne pas sortir de ce lieu. Les
forces de sa nature se soulevèrent contre

elle, et devinrent d'indomptables enne-
mies. Elle se mit à marcher dans cet étroit
espace comme si on l'eût poursuivie, ou
bien comme s'il se fût agi d'une longue
course à faire en un temps donné. La
muraille ne lui faisait point obstacle, elle
ne la voyait seulement pas. C'était sans la
pensée, sans le rire amer et sombre si bien
connu des malheureux, qu'elle se détour-
nait vite et poursuivait sa marche étrange.
Tout-à-coup elle se fit pitié, et s'efforça
de reprendre à de tranquilles désirs. Aban-
donnant son fougueux exercice, elle s'assit
sur le bord de son lit; elle tâcha de s'habi-
tuer à croire qu'on ne viendrait pas.... Le
saisissement qu'elle éprouva ne lui permit
pas de se maintenir dans cette affreuse
idée. Bientôt l'immobilité lui devint insup-
portable ; elle se leva, dans une sorte d'é-

garement convulsif, et s'agita de nouveau.
Pour cette fois, elle vit la muraille et frémit
d'être ainsi renfermée. Où étaient les
champs? où était l'horizon vaste, illimité,
de son pays? Elle y courait sauvage et
joyeuse au vent, au soleil, à la rosée du
matin et à la rosée du soir: ses jours de
jeune fille avaient été si fiers! Maintenant...
Une larme de colère coula sur son visage.
Puis, les bras croisés, dans une attente
avide, les yeux fixés sur la porte, elle
passa des minutes, qui lui semblèrent des
années. Mesurer le temps pour tous, quelle
prétention risible !

Tout dormait.... tout semblait dormir
au moins dans cette demeure des déses-
poirs ; la nuit était avancée et Anna attendait encore. Son ardeur animant le silence,

y plaçait des bruits de pas et de voix, de tendres épanchements. Nul être cependant ne vint. Le cœur de la malheureuse battit avec une violence qui l'effraya elle-même, elle y posa ses mains. Son impatience devint de l'angoisse, une torture impossible à supporter si elle se fût prolongée long-temps. Vingt fois elle reprit le billet de Catherine, pensant qu'elle n'avait pas bien lu ; elle le brûla enfin. Les heures passèrent vides et sombres. Quand ce fut pour elle une certitude qu'on ne viendrait pas, elle se révolta contre sa destinée ; son imagination lui retraça les scènes d'horreur du lendemain ; elle vit les bourreaux s'acharner après elle. Un moment elle se sentit de la haine contre Catherine : n'était-ce pas à la promesse menteuse de cette femme qu'elle devait ses atroces et inutiles tourments ? Avant ce faux-sem-

blant d'affection qui l'avait si misérablement leurrée, elle avait eu conscience
d'une grande force contre les hommes et
la mort. C'était l'amie sans cœur et sans foi
qu'elle accusait de sa dégradation. Dans sa
haute colère, elle fut bien près de maudire.
Un accablement total succéda à cette formidable énergie. Long-temps elle demeura
couchée à terre, sans pensée, sans regard,
le froid de la mort au cœur, n'ayant pas
même le sentiment de l'existence. Sa lampe
s'était éteinte et l'avait laissée dans une nuit
profonde, elle ne s'en aperçut que tard. Sa
veille funèbre dura jusqu'au jour. Elle ne
souffrit pas, il est vrai, mais des heures
nulles ne pouvaient que répugner à sa fière
nature. Aux premières lueurs du matin, la
noble abandonnée secoua son engour-
dissement; et, s'aidant de la réflexion, elle
essaya de se replacer à sa hauteur naturelle.

— Que regretté-je? se dit-elle avec un
sourire mélancolique, un petit nombre
d'années inquiètes, où de loin en loin se seraient placées quelques vaniteuses satisfac-
tions : c'est bien la peine de m'affliger. N'ai-
je pas vraiment au contraire à bénir mon
Dieu? N'est-il pas bon de m'appeler à lui
avant que la vie ait épuisé pour moi toutes
ses amertumes, avant que je l'aie repoussée
comme un don funeste et vain ? J'emporte
dans la tombe mes trésors de jeunesse, le
temps me les aurait ravis. Nulle lèvre aimée ne s'est glacée sous ma lèvre, je n'ai
point d'être de mon âge à pleurer. Où sont
mes œuvres pour prétendre à une destinée
plus douce ? Qu'ai-je fait de noble et de
saint ? Mes jours sont bien vides , les vertueux efforts y tiennent bien peu de place !
Vingt-cinq ans presque inutiles! A quoi bon
y en ajouter d'autres, qui, peut-être, n'au-

raient pas plus de valeur? Oh! le pauvre
désir. Quelles illusions me faut-il encore?
j'ai savouré les plus belles.

Pourtant elle pleura; c'est que les souvenirs heureux avaient aussi afflué dans
son âme. Les ressources humaines étant
insuffisantes, elle se prosterna dans les
plus humbles dispositions. Son élan vers
Dieu fut énergique et admirable de piété.
Quand elle se releva, le détachement sincère
de la vie était bien en elle: nulle erreur ne
l'y retenait plus. Un penseur de belle intelligence a dit, en parlant de la prière :
« Cette effusion des vœux, des terreurs,
» des remords de l'homme, atteste à la fois
» sa dignité puisqu'il croit en Dieu, et sa
» faiblesse puisqu'il craint ou désire. Elle
» devrait donc être libre comme les mouve-
» ments de la conscience; sentie, animée,

» comme les inspirations du cœur (1). » Le jour vint dans tout son éclat, Anna était forte. Une fois, elle frémit à la pensée que les bourreaux pourraient lui arracher des aveux préjudiciables à d'autres.

— Que ma dernière heure te glorifie, ô mon Créateur ! Que nul être ne soit exposé à souffrir par ma faiblesse ! Donne-moi le courage qui résiste à la torture ! Mets un sceau à mes lèvres, qu'elles restent pures de toute lâcheté ! Accorde cette grâce à la simplicité de ma prière, à ma confiance en ta miséricorde ! Mon Dieu ! sois-moi propice !

(1) N.-A. de Salvandy.

X.

Le Maître et les Esclaves.

N'offre point à Dieu de dons pervers, parce qu'il ne les recevra pas.
Bible.

Il n'y a rien qui enlaidisse certains
courtisans comme la présence du maître. A peine peut-on les reconnaître
à leurs visages : leurs traits sont altérés
et leur contenance est avilie.
La Bruyère.

Un esprit sain puise à la cour le
goût de la solitude et de la retraite.
Le Même.

La reine d'Angleterre n'avait pas eu
moins d'agitations dans cette nuit. Henry VIII s'était trouvé de mauvaise humeur
et légèrement indisposé. Son désir, non
moins puissant qu'un ordre, avait retenu

Catherine auprès de lui. Que souvent, pendant ces heures de contrainte et de longues douleurs , elle avait senti l'angoisse de sa malheureuse amie ! Sa parole devenait rapide, son regard incertain. Une fois sa réponse étonna Henry.

— Par sainte Marie ! vous êtes bien troublée, lui dit-il ; que se passe-t-il dans votre tête ?

Catherine tressaillit. Cette défiance qui la poursuivait, qui fouillait dans sa conscience tourmentée, lui causait un invincible effroi. Elle voulut affecter de la gaieté, mais elle eut des rires agités et bizarres. Le maître la déclara fort ennuyeuse ; et pour le lui témoigner, il lui tourna le dos, et s'endormit bientôt. Une tentation immense, irrésistible, s'empara de la reine. Henry ne veillait plus, et Anna attendait

sa délivrance ! Elle se pencha un moment
vers son tyran endormi, elle écouta cette
forte respiration avec un délice mêlé de
terreur; rien ne disait qu'il dût s'éveiller
bientôt. De ses yeux fervents, elle implora
le ciel ; et jouant sa vie à ce périlleux service, elle se disposa tout aussitôt à s'éloigner. Marchant sur la pointe des pieds,
retenant son souffle, elle s'avança jusqu'à
la porte. Sa main était posée sur le verrou,
quand la voix de Henry se fit entendre.
Il appelait Catherine.

— Vous vous en alliez, Madame ? vous
trouviez trop pénible de me distraire un
moment de mes souffrances. Allez, je ne
veux pas contrarier vos goûts. La lecture
d'un roman français vous captiverait jusqu'au matin ; mais les soins que demande
un époux malade fatiguent bien vite la

femme légère et dépourvue de cœur. En-
voyez chercher mon fidèle Cranmer, ou
Wriothesely, ou tout autre de mes dignes
serviteurs, et vous les verrez accourir avec
empressement. C'est des siens qu'on a le
droit d'attendre le moins, je l'ai souvent
éprouvé ; pourtant je vous ai mis une couronne au front, je vous ai donné le beau
titre de reine ; mais votre ingratitude ne
tient compte de rien. Ah ! que l'*Écclé-
siaste* a raison de dire : « J'ai trouvé la
femme plus amère que la mort. » Le roi
continua sur le même ton. Il fallut du
temps à Catherine pour apaiser cet être
si redoutable, quand il se croyait offensé.
Toute cette nuit, il eut des alternatives de
veille, de sommeil, de gaieté, de méchante
impatience ; le matin vint, Catherine ne
quitta pas cette chambre. Ce fut en sa présence que Henry donna audience au chan-

celier, qu'il lui enjoignit de ne pas ména-
ger Anna, si elle ne nommait pas vite ses
complices en hérésie.

— Aussitôt la torture donnée, dit-il à
Wriothesely, vous viendrez nous rendre
compte de l'effet qu'elle aura produit. Bien
des femmes se lèveront ce matin avec la
pâleur au visage et l'épouvante au cœur.
Ne le pensez-vous pas, chère Kate?

La reine balbutia un oui timide et bas.
Son inquiétude en l'absence du chancelier fut quelque chose d'inoui. Plusieurs
fois elle se leva sans motif, s'éloigna rapidement de cet homme qui était vraiment
son bourreau. Il l'effrayait de sa voix, de
son silence ; tout de sa part lui était sus-
pect. Si quelquefois, succombant à l'horreur de sa pensée, elle oubliait la surveillance qu'elle devait exercer sur elle-

même, si sa tête se penchait immobile, si
elle s'abandonnait à une imprudente rêverie, Henry la rappelait soudainement à
lui par un sarcasme, ou une expression
de tendresse cruelle.

— Dites-moi, chère Kate, vous voulez
sans doute éprouver la vérité des paroles
de Marc-Aurèle; et il cita le disciple de
Zénon : « Il n'y a aucune retraite où un
» homme puisse être plus en repos et plus
» libre que dans l'intérieur de son âme. »

Dans l'après-midi, il prit fantaisie à
Henry de jouer aux échecs. La reine mit
un empressement de résignation à le sa-
tisfaire. Mais il ne se plaisait qu'aux succès
difficiles et longuement disputés; force
fut à Catherine d'apporter à son jeu une
attention pénible. La moindre faute appelait une réprimande ou un sarcasme vio-

lent. Il faisait un crime en semblable cas
de la plus légère distraction. Wriothesely
revint qu'une partie était encore engagée,
et la reine n'eut pas même la liberté de
s'éloigner; elle dut rester là !

— Eh bien, Mylord, dit le roi, a-t-on
dompté l'orgueil de cette hérétique? La
main de Catherine devint immobile, et ses
yeux allèrent chercher la réponse du chancelier. Pourquoi vous arrêter? dit Henry;
allez toujours, mon cher cœur; je tiens la
partie pour superbe, et je n'ai pas la
moindre envie de la laisser. Voyons un
peu, Wriothesely, ce que tu as à nous dire.
Tu étais là quand on interrogeait cette
Jézabel?

—Votre Majesté me l'avait formellement
prescrit.

— Aussi ne te blâmé-je pas. L'as-tu
fait parler?

— Sire, on a épuisé les tortures.

— Et j'espère qu'elle n'a rien caché de
ce que nous attendions? Voyons, dis-nous
un peu le nom de ses complices, et de
leurs révoltes abominables. Le roi nomma
successivement plusieurs femmes, donnant à chacune une épithète selon le sentiment qu'il éprouvait pour elle.

— Elle n'a nommé aucune de ces dames, répondit le chancelier, visiblement
embarrassé.

— Comment! s'écria Henry, lady Exeter serait épargnée? Vous l'aimiez, Catherine? C'est une femme fort gracieuse de
visage et de caractère; malheureusement
elle est, je crois, entachée de l'hérésie de

la grande prostituée, ou de celle du gros
moine; et, sur mon salut! l'une ne vaut
pas mieux que l'autre. Une brusque interrogation de Henry provoqua une prompte
et inquiète réponse du chancelier.

— Et lady Gray, cette païenne d'Anna
Askew n'a pu l'oublier?

— Anna Askew a oublié lady Gray,
répondit le chancelier, toujours plus humble et plus ému. Il se mit à genoux.

— Ceci devient inexplicable, proféra le
roi en fronçant le sourcil. Qui a-t-elle donc
nommé enfin?.... Voyant que Wriothesely
restait muet, il ajouta brutalement : Tes
airs de chien couchant m'irritent au dernier
point, lève-toi un peu!

— Je supplie Votre Majesté de ne pas
me contraindre à quitter cette posture, elle

convient à ma profonde soumission. « La
» colère du roi, dit le plus grand sage des
» temps anciens, est comme le rugissement
» du lion, et sa bienveillance est comme la
» rosée descendant sur la prairie. »

— Oui, oui, cela nous touche vraiment.
Cet hypocrite de Thomas More se mettait
à genoux aussi pour mieux nous résister (1).

— Moi, Sire, je n'ai que bons et loyaux
sentiments, mais ce que j'ai à dire m'épouvante.

— Ah ! je comprends, proféra Henry
apaisé et avec un ton d'encouragement

(1) Thomas More, sollicité par Henry pour se prêter au divorce du monarque, se jeta à ses pieds ; et après quelques paroles de soumission et d'attachement respectueux, il dit : « Rien
» au monde n'a plus contristé mon cœur que de ne rien trou-
» ver dans cette affaire où ma conscience me laissât libre de
» servir Votre Majesté. » Voyez le remarquable article de
M. D. Nisard sur Thomas Morus. *Revue des deux Mondes.*

tout affectueux ; il y a un nom tellement
sacré, si intimement uni à celui de ton
roi, que tu voudrais le garder intact au
fond de ta conscience. Il regarda la reine :
Madame, vous êtes bien pâle. Voilà que
vous prenez mon *fou* pour le vôtre. Ce que
j'ai dit vous donne à penser, je le crois bien.
Moi, j'en suis fort malheureux.

S'adressant de nouveau à Wriothesely :
—Allons, mon fidèle, ne reste pas là comme
une image de bois ! Ne dissimule rien,
parle-moi avec franchise, je t'écoute. Catherine, prêtez-lui aussi toute votre attention, il dit bien quand il veut. Les saintes
Écritures lui sont d'ailleurs familières,
comme vous avez pu voir.

Le chancelier, malgré l'invitation amicale du roi, semblait à la torture. Il porta
la main à son front livide, et arrêta sur

le visage sans bonté de Henry des yeux
pleins de supplication.

—Eh bien, Mylord, ne vous décidez-vous
pas?

Wriothesely croisa humblement les
mains sur sa poitrine, et dit :

— Que Votre Majesté ne se courrouce
pas! Cette femme, malgré les sollicitations
des tortureurs qui ne l'ont pas épargnée,
s'est diaboliquement obstinée à se taire.

— Tu es une bête! cria le roi, un âne
stupide! et je t'enverrai brouter l'herbe
avec Nabuchodonosor! Comment! tu n'as
rien pu arracher de cette créature si jalouse
de parler qu'elle y exposait des milliers
de vies? Ah! vil coquin! Je suis entouré
d'indifférents, de traîtres, et il n'y a pas de
rustre dans mon royaume qui ne soit mieux

servi que moi. Dis-le bien vite, plat valet ;
et ne mens pas, ou, par la mort de Dieu !
je te livre au bourreau à ton tour ; les tortureurs étaient sans doute mal choisis,
vendus ; ils ont ménagé cette impie !

— J'en ai eu le soupçon, répondit le
chancelier toujours à genoux et de la voix
la plus timide ; n'écoutant alors que mon
zèle pour le service de Dieu et de Votre
Majesté, j'ai moi-même de nouveau tourné
le tourniquet (1) ; et la secousse a été rude ;
l'hérétique n'a pas crié pourtant.

— Assez ! dit Henry avec un geste de
dégoût, vous avez fait un vilain office.

— Mon lieutenant avait refusé de se
prêter à cette nouvelle épreuve, objecta
Wriothesely confus.

(1) Fox. Speed. Baker.

1.   23

— Votre lieutenant a été un homme de cœur , mylord chancelier ; on ne peut pas en dire autant de vous.

Il fut impossible à Catherine d'en entendre davantage, elle s'évanouit.

XI.

La Dernière Réalité.

On meurt à chaque moment pour un
temps, une chose, une personne qu'on
ne reverra jamais : la vie est une mort
successive.

F. A. de Chateaubriand.

Dieu a voué l'homme à l'effort ; et
l'effort même ne trouve pas toujours son
prix ici-bas.

F. Guizot.

Il était deux heures de la nuit quand
la reine entra, trois jours après cette
scène, dans la prison d'Anna, avec sa fidèle Ellesmère. La malheureuse souleva
sa tête de dessus la paillasse où ses membres gisaient brisés.

— C'est Catherine, dit la reine en s'avançant doucement vers la jeune martyre; Anna, c'est moi.

Une exclamation faible et sourdement douloureuse partit de la bouche d'Anna. Aidée d'Ellesmère, la reine lui fit prendre du vin des Canaries dont elle avait un flacon sur elle.

— Merci, dit la pauvre torturée.

— Tu m'as sûrement accusée, reprit Catherine. Dieu m'est témoin que je n'ai pas été libre la nuit qui a précédé l'effroyable journée. Me crois-tu, Anna?

— Tes pieds t'ont donc refusé leur secours, Catherine?

— Le roi était malade.

— Et aujourd'hui il se porte bien.

— Oh! par les tortures que tu as souf-
fertes, par la tristesse affreuse de mon
cœur, pardonne-moi, Anna! Ne sois pas
amère en me parlant. Je viens te chercher
cette nuit. Le désespoir de l'état où ils t'ont
mise m'avait presque donné le délire. Ma
tête est en feu.

— Tu viens trop tard.

— Ne me dis pas cette parole, tu me
rendrais folle d'horreur! Dis-moi au contraire que tu consens à me suivre! Tout
est préparé pour ta fuite.

— Prends la lampe, Catherine, et ap-
proche-la de mon visage.

— Toi, Ellesmère, dit la reine.

Ellesmère éclaira aussitôt le visage
d'Anna Askew, et Catherine fit entendre un
gémissement sombre.

— N'est-ce pas qu'ils ont fait de moi quelque chose de bien déplorable? demanda la martyre avec un accent particulier. Ils ont torturé ma chair et fait crier mes os, je ne puis faire un mouvement sans souffrance : tous mes membres sont brisés.

— Mais tu es si jeune, Anna? On aura pour toi les plus douces précautions.

— Catherine, c'est à la mort maintenant que j'aspire. Ils m'ont effacée en quelques minutes du nombre des vivants, la terre ne m'est plus rien. J'aurais voulu marcher au supplice le front rayonnant de lumière, j'aurais voulu confesser ma foi tout haut; j'y serai ignoblement traînée. Ce sera presque un cadavre qu'ils sacrifieront à leur fanatisme.

— Ma noble Anna! s'écria douloureusement la reine.

— Ne t'afflige pas, amie. Mon Dieu a ses
desseins pour m'appeler à lui.

— Quelle destinée! dit Catherine en
joignant les mains.

— Oui, mes derniers jours ne ressemblent guère à ces années que tu as con-
nues. Nous étions bien fières alors de
notre beauté et de notre intelligence.
Beauté! qu'il est facile de te détruire vite!
Seigneur! dit-elle en levant les yeux, est-
elle vraie cette parole : « Celui qui multi-
« plie la science multiplie la douleur. »
Mais tu ne puniras pas ta créature d'avoir
usé de tes dons.

— Tu es une sainte, dit Catherine en
se prosternant devant la jeune femme. Je

t'ai bien aimée pendant ta vie, je t'aime
et te respecte à ta dernière heure..... Tu
nous as épargnées, mon héroïque Anna !
Nous sommes toutes des femmes sans
cœur, vouées à ton mépris, nous qui avons
pu nous taire quand le bourreau épuisait
ta vie, nous qui avons eu peur de mourir
avec toi ! Ame sublime, comment as-tu
pu épargner notre lâcheté, comment tant
de noms indignes n'ont-ils pas échappé à
ta juste colère? Où as-tu pris ce courage
miséricordieux?

— À ma place, Catherine, tu aurais
agi comme moi.

— Oh ! ne renie pas ta grandeur !

— Dans la juste défiance de mes forces,
j'avais imploré de mon Dieu la grâce de la
résistance, il me l'a accordée : que son

nom soit béni! La confiance présomptueuse
s'est éloignée de moi, c'était mon dernier
rêve d'orgueil. Elle regarda la reine avec
affection. Je meurs en vous aimant, pauvres femmes. Dis-le bien à toutes, dis-leur
que mes derniers sentiments ont été doux.

— Tu pourrais vivre si tu le voulais,
proféra Catherine.

Emue de ce reproche, Anna lui répondit avec une fermeté mélancolique :

— Oui, je pourrais vivre en me parju-
rant; la promesse d'une vie déshonorée
est-elle donc une séduction si grande? tu
ne le penses pas. La croyance qui vit en moi,
je la porterai forte et sainte au bûcher.
Tu pleures... Qui sait? Ma vie se serait
peut être écoulée inutile; ma mort sera
d'un salutaire exemple : elle fortifiera dans
les cœurs le mépris du mensonge, elle

encouragera des résistances vertueuses ;
le front du méchant sera marqué de honte ;
et plus tard, Catherine, elle aidera, je l'espère, à l'affranchissement universel. Le
sang versé des justes est une semence précieuse qui fait lever des moissons dorées
et prospères. Nos malheurs préparent à
ceux qui nous suivront des jours plus clé-
ments. Maintenant fortifie mon âme pour
le dernier passage, chante-moi un des riches cantiques du roi prophète, il sera
pour tout mon être une harmonie du ciel.

Surmontant sa désolation, la reine, à
genoux et d'une voix enthousiaste et sonore, chanta le Psaume CXLIV : *Mon Dieu,
mon Roi, je vous exalterai ; je béni-
rai votre nom dans les siècles et dans
l'éternité* (1).

(1) Exaltabo te, Domine, Deus meus, Rex.

Ellesmère, prosternée, joignait les mains. Anna, les yeux pleins d'une céleste ardeur, le sourire du triomphe sur les lèvres, écoutait les accents de Catherine.

— Tu as fait de mon cachot un lieu de délices et de grandeur. Adieu, Catherine, nous nous reverrons devant le Dieu de l'Eternité. Un cœur pur, des actes vertueux, c'est la religion qu'il demande à tous.

— Le crois-tu donc, Anna?

— Oui; quand la mort est près de remplacer la vie et qu'on n'a pas subi la lente dégradation produite par le mal et les ans, on a des choses une intelligence plus profonde et plus sûre; on est déjà loin, par la pensée, des intérêts chétifs et passionnés de la terre : le monde divin vous fait quelque révélation.

Le surlendemain, Anna Askew fut por-

tée dans un fauteuil au lieu de l'exécution.
Trois hommes, dont le crime était une foi
inébranlable en une religion qu'ils s'é-
taient créée, se virent associés à cette marche funèbre. Un jeune homme pâle, san-
glotant et beau, se précipita sur le passage
d'Anna, et tendit ses mains vers elle.

— Ma main ne peut remuer, lui dit-elle,
mais ma voix peut vous bénir. Walter
Southwell, le martyre ne vous convient
pas; vous avez votre mère: honorez ses
vieux jours. Adieu.

La jeune femme salua le bûcher d'un
sourire exalté; son front portait l'empreinte des grandes espérances. Déjà tous
quatre étaient liés au poteau, lorsqu'une
rétractation leur fut proposée, comme un
moyen de racheter leur vie; ils la refusèrent
avec mépris.

— Vous ne nous jugerez pas dans votre sévérité, mon Dieu ! proférait Anna ; vous recevrez avec miséricorde ces quatre pauvres âmes qui retournent à vous ! C'est avec transport que chacune va livrer au feu le linceul épais et grossier qui la tient captive ; c'est avec transport que nous pressentons votre règne !

La dernière minute de chacun fut admirable, pourtant les trésors de la science manquaient surtout à l'un d'eux, le pauvre tailleur John Adams (1).

Anna était morte. La reine d'Angleterre, en revoyant Henry VIII, regretta de ne pas être morte aussi.

(1) Les deux autres étaient Nicholas Belenian, prêtre, et John Lassels de la maison du roi.

FIN DU TOME PREMIER.

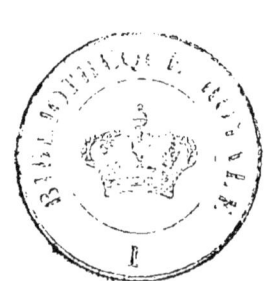

TABLE

DU PREMIER VOLUME.

---

§ Ier.

UNE ERREUR.

§ II.

LES JOIES DE HENRY VIII.

Prochaines Publications.

Madame A. Dupin.

EMMANUEL. . . . . 2 VOL.

E. Fouinet.

L'ENFANT DE TROIS MÈRES. . . 2 VOL.

A. Le Clerc.

FERNANDE. . . . . 2 VOL.

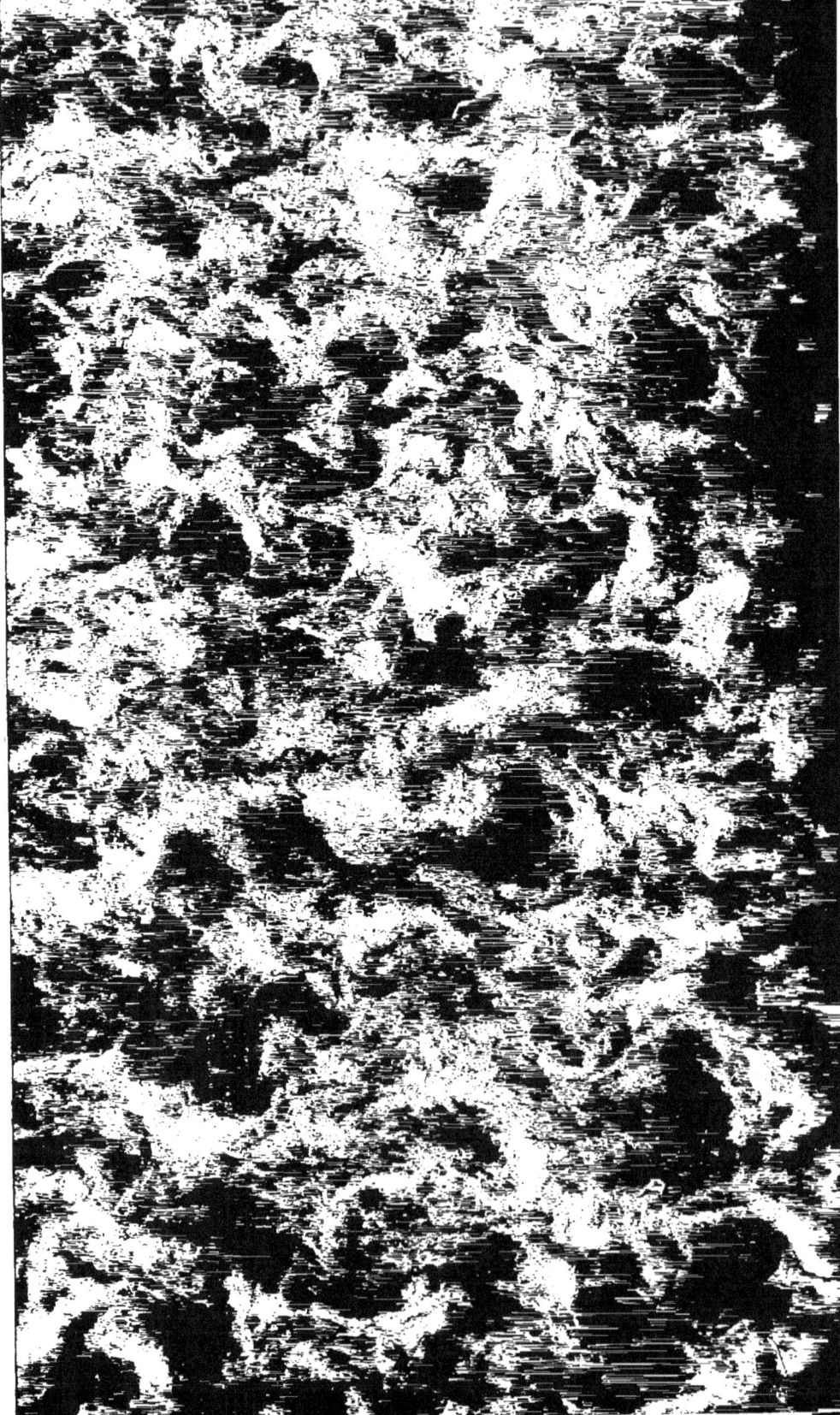